Werner Reiser

Vom Engel, der nicht mitsingen wollte

und andere Geschichten

W0239380

BRUNNEN
VERLAG GIESSEN · BASEL

Dieser Band enthält eine Zusammenstellung von Geschichten aus den Büchern „Die drei Gaben“ und „Der Geburtstag von Adam und Eva“.

© 2004 Brunnen Verlag Gießen
www.brunnen-verlag.de
Umschlagillustration: Raphael, PhotoDisc, Hamburg
Umschlaggestaltung: Ralf Simon
Satz: Brunnen DTP
Herstellung: GGP Media GmbH, Pößneck
ISBN 3-7655-1867-0

Vom Engel,
der nicht mitsingen wollte

Als die Menge der himmlischen Heerscharen über den Feldern von Bethlehem jubelte:

„Ehre sei Gott in den Höhen

und Friede auf Erden unter den Menschen" –

hörte ein kleiner Engel plötzlich zu singen auf. Obwohl er im unendlichen Chor nur eine kleine Stimme war, machte sich sein Schweigen doch bemerkbar. Engel singen in geschlossenen Reihen, da fällt jede Lücke sogleich auf. Die Sänger neben ihm stutzten und setzten ebenfalls aus. Das Schweigen pflanzte sich rasch fort und hätte beinahe den ganzen Chor ins Wanken gebracht, wenn nicht einige unbeirrbare Großengel mit kräftigem Anschwellen der Stimmen den Zusammenbruch des Gesanges verhindert hätten.

Einer von ihnen ging dem gefährlichen Schweigen nach. Mit bewährtem Kopfnicken ordnete er das weitere Singen in der Umgebung und wandte sich dem kleinen Engel zu.

„Warum willst du nicht singen?", fragte er ihn streng.

Er antwortete: „Ich wollte ja singen. Ich habe meinen Part gesungen bis zum ‚Ehre sei Gott in den Höhen'. Aber als dann das mit dem ‚Frieden auf Erden unter den Menschen‘ kam, konnte ich nicht mehr weiter mitsingen. Auf einmal sah ich die vielen römischen Soldaten in diesem Land und in allen Ländern. Immer und überall verbreiten sie Krieg und Schrecken, bringen Junge und Alte um und nennen das römischen Frieden. Und auch wo nicht Soldaten sind, herrschen Streit und Gewalt, fliegen Fäuste und böse Worte zwischen den Menschen und regiert die Bitterkeit gegen Andersdenkende. Sogar dieses Paar mit dem neugeborenen Kind musste wegen der Militärsteuer nach Bethlehem ziehen, und wer weiß, was die Menschen mit diesem Kind machen werden!“

„Weißt denn du es?“, unterbrach ihn der Großengel.

„Nein, ich weiß es nicht und kann es nicht voraussehen“, erwiderte der Kleine. „Aber das, was ich sehe, genügt mir. Es ist nicht wahr, dass auf Erden Friede unter den Menschen ist, und ich singe nicht gegen meine Überzeugung!“ Und er zeigte ein trotziges Gesicht. Einige seiner jüngeren Nachbarn riefen laut Beifall.

„Schweigt! – vielmehr: singt!“, rief der große Engel ihnen zu und nahm den jungen Rebellen zur Seite.

Dort sprach er ihm zu: „Du willst also wissen, was Friede ist? Du lässt zu, dass ein friedloser Gedanke durch dein Gemüt zieht, und steckst andere mit deiner Unruhe an? Du brichst die Harmonie unseres Gotteslobes und störst die Einheit der himmlischen Welt, weil dir der Unfriede der menschlichen Welt zu schaffen macht? Du verstehst nicht, was in dieser Nacht in Bethlehem geschehen ist, und willst die Not der ganzen Welt verstehen?“

Der kleine Engel verteidigte sich: „Ich behaupte nicht,

alles zu verstehen. Aber ich merke doch den Unterschied zwischen dem, was wir singen, und dem, was auf Erden ist. Er ist für mein Empfinden zu groß, und ich halte diese Spannung nicht länger aus."

Der große Engel schaute ihn lange schweigend an. Er sah wie abwesend aus. Es war, als ob er auf eine höhere Weisung lauschen würde. Dann nickte er und begann zu reden.

„Gut. Du leidest am Zwiespalt zwischen Himmel und Erde, zwischen der Höhe und der Tiefe. So wisse denn, dass in dieser Nacht eben dieser Zwiespalt überbrückt wurde. Dieses Kind, das geboren wurde und um dessen Zukunft du dir Sorgen machst, soll unseren Frieden in die Welt bringen. Gott gibt in dieser Nacht seinen Frieden allen und will auch den Streit der Menschen gegen ihn beenden. Deshalb singen wir, auch wenn die Menschen dieses Geheimnis mit all seinen Auswirkungen noch nicht hören und verstehen. Wir übertönen mit unserem Gesang nicht den Zwiespalt, wie du meinst. Wir singen das neue Lied."

Der kleine Engel rief: „Wenn es so ist, singe ich gerne weiter."

Der Große schüttelte den Kopf und sprach: „Du wirst nicht mitsingen. Du wirst einen anderen Dienst übernehmen. Du wirst nicht mit uns in die Höhe zurückkehren. Du wirst von heute an den Frieden Gottes und dieses Kindes zu den Menschen tragen. Tag und Nacht wirst du unterwegs sein. Du sollst an ihre Häuser pochen und ihnen die Sehnsucht nach ihm in die Herzen legen. Du musst bei ihren trotzigen und langwierigen Verhandlungen dabei sein und mitten ins Gewirr der Meinungen und Drohungen deinen Gedanken fallen lassen. Du musst ihre heuchlerischen Worte aufdecken und die andern gegen die falschen Töne misstrauisch machen, damit die wahre Meinung zum Vorschein kommt und sie erschrecken. Sie werden dir die Türe weisen, aber du wirst auf den Schwellen sitzen bleiben und hartnäckig warten. Du musst die Unschuldigen unter deine Flügel nehmen und ihr Geschrei an uns weiterleiten. Du wirst nichts zu singen haben, du wirst viel zu weinen und zu klagen haben."

Der kleine Engel war unter diesen Worten zuerst noch kleiner, dann aber größer und größer geworden, ohne dass er es selber merkte. Er wollte sich gegen diese schwere Aufgabe auflehnen, aber der andere Engel sagte: „Du hast es so gewollt. Du liebst die Wahrheit mehr als das Gotteslob. Dieses Merkmal deines Wesens wird nun zu deinem Auftrag. Und nun geh. Unser Gesang wird dich begleiten, damit du nie vergisst, dass der Friede in dieser Nacht zur Welt gekommen ist."

Während er noch redete, brach er von einer Palme einen Zweig und hauchte darauf. Und er sprach: „Nimm diesen Zweig mit dir. Er bewahrt den Geruch des Himmels und wird dich in den menschlichen Dünsten stärken." Dann ging er an seinen Platz im himmlischen Chor zurück und sang weiter.

Der Engel des Friedens aber setzte seinen Fuß auf die Felder von Bethlehem. Er wanderte mit den Hirten zu dem Kind in der Krippe und öffnete ihnen die Herzen, dass sie verstanden, was sie sahen. Dann ging er in die weite Welt und begann zu wirken. Angefochten und immer neu verwundet tut er seither seinen Dienst und sorgt dafür, dass die Sehnsucht nach dem Frieden nie mehr verschwindet, sondern wächst, Menschen beunruhigt und dazu antreibt, Frieden zu suchen und zu schaffen. Wer sich ihm öffnet und ihm hilft, hört plötzlich wie von ferne einen Gesang, der ihn ermutigt, das Werk des Friedens unter den Menschen weiterzuführen.

Dieses Licht wird allen Menschen leuchten,
die in Nacht und Todesfurcht leben;
es wird uns auf den Weg des Friedens führen.
LUKAS 1,79

Die drei Gaben

Kaum hatten die drei vornehmen Gäste aus dem Morgenland, die gekommen waren, anzubeten und dem Kind ihre Gaben zu bringen, auf höheren Befehl Bethlehem verlassen, nahten sich drei andere Gestalten. Sie kamen ohne Gefolge, unauffällig und unansehnlich. Ihr Gang war schleppend, mühsam setzten sie Schritt vor Schritt. Ihre müden Gesichter waren so sehr vom Staub bedeckt, dass man ihre Farbe kaum erkennen konnte. Waren sie gelb, braun, schwarz oder weiß?

Der Erste von ihnen ging in Lumpen einher und schaute hungrig und durstig umher. Hohle Augen, die zu viel Leid gesehen hatten, saßen in den tiefen Höhlen. Der Zweite ging vornüber geneigt. Er trug an den Händen Ketten. Vom langen Tragen und von der weiten Reise war er wund gescheuert an Händen und Füßen. Der Dritte hatte wirre Haare, verzweifelte Augen und einen unsteten und suchenden Blick, als ob er nach etwas Verlorenem Ausschau hielte.

Die Leute, die um das Haus des Neugeborenen herumstanden, waren schon vielerlei Besucher gewohnt. Dennoch wichen sie scheu zurück, als sie diese drei Gestalten sich nahen sahen. Sie waren zwar selber lauter arme, unvermögende Leute – aber so elend und verwahrlost wie sie sah doch keiner von ihnen aus. Sie rückten scheu und unwillig zusammen und schienen beinahe einen Gürtel um das Haus zu legen, um die drei am Eintritt zu hindern.

Auch sahen sie, dass sie nichts auf sich trugen, das sie als Gabe hätten abgeben können. Waren sie etwa gekommen, um etwas zu holen? Mancher dachte an das Gold, das von den eben Weggezogenen im Haus niedergelegt worden war. Jeder hatte davon erzählen hören. Hatten vielleicht auch diese etwas vom Gold vernommen? Immer stärkeres Gemurmel erhob sich gegen die seltsamen Ankömmlinge.

Da wurde von innen die Türe geöffnet. Josef trat heraus. Einige riefen ihm empört zu, dass schlechtes Gesindel zum Kind kommen möchte, was er doch gewiss nicht zulassen könne. Er beschwichtigte sie und sprach: „Zu diesem Kind hat jedermann Zutritt – arm oder reich, elend oder vornehm, anständig oder unanständig, vertrauenswürdig oder verdächtig. Es gehört niemandem allein. Nicht einmal uns, seinen Eltern. Lasst sie herein!“

Verwundert über die Worte Josefs bahnte man den dreien eine schmale Gasse. Er führte sie hinein. Die Tür blieb offen. Wer konnte, drängte sich hinzu, um die seltsame Begegnung von nahem mitzuerleben. Einigen wenigen wurde bewusst, dass sie vor kurzem ebenso armselig vor das Kind getreten waren.

Nun standen die drei vor der Krippe und betrachteten lange und stumm das Kind. Bei diesem Anblick wusste keiner mehr, wer ärmer war: das Kind auf dem Strohlager oder seine Betrachter. Alle schienen in dieselbe Niedrigkeit eingetaucht und eingeschmolzen zu sein – der in den Lumpen, der mit der Kette, der mit dem traurigen Blick und das Kind.

Da brach Josef das Schweigen. Er fühlte, dass er der am reichsten Beschenkte war, und es drängte ihn, seinen großen Dank für das Empfangene nun auch diese Armseligen spüren zu lassen. In einer Nische der Wand neben der Krippe leuchteten die drei Gaben, welche die vornehmen Besucher hingelegt hatten. Er hob sie auf und streckte sie den Fremden entgegen: dem Zerlumpten das Gold, dem Gefesselten die Myrrhensalbe und dem Traurigen den Weihrauch.

Und er sprach zum Ersten: „So wie ich es ansehe, bedarfst du am ehesten des Goldes. Kaufe dir damit Nahrung und Kleider. Ich habe einen Beruf und werde meine Familie auch ohne Gold ernähren können."

Und zum Zweiten sprach er: „Ich kann dir zwar deine Ketten nicht abnehmen, aber siehe, diese Salbe wird deinen geschundenen Händen und Füßen wohl tun."

Und zum Dritten sprach er: „Nimm diesen Weihrauch. Sein Wohlgeruch wird deine Trauer zwar nicht vertreiben, aber veredeln und wird deine Seele erquicken."

Alles geriet in Bewegung. „Er verschenkt alles, was er an Kostbarem für das Kind erhalten hat!", flüsterten sich alle zu und konnten angesichts der drei Elenden solche Sorglosigkeit fast nicht verstehen. Grenzte diese Verschwendung nicht an Beraubung des Kindes?

Doch die drei schüttelten einmütig Hände und Köpfe.

Der Erste antwortete: „Ich danke dir für dein großes Angebot. Aber sieh mich an! Wer bei mir Gold findet, wird mich sogleich als Dieb verdächtigen. Ich habe für andere Gold aus der Erde gegraben und selber nie besessen. Behalte es für dein Kind. Du wirst es bald brauchen können, und dir wird man es ohne Misstrauen abnehmen."

Der Zweite antwortete: „Ich habe mich an meine Wunden gewöhnt. Ich bin an ihnen zäh und stark geworden. Behalte die Myrrhe für dein Kind. Wenn es geschundene Hände und Füße haben wird, kann sie ihm helfen."

Der Dritte antwortete: „Ich komme aus der Welt der Religionen und Philosophien. Ich bin an ihnen irre geworden. Ich glaube nichts mehr. In der Wüste des Denkens habe ich Gott verloren. Was soll mir da der Weihrauch? Er würde nur meine Zweifel umnebeln. In seinem blauen religiösen Dunst würde er mir nur leere Bilder vorgaukeln. Aber er könnte mir Gott nicht ersetzen."

Alle entsetzten sich über diese Worte und über die Rückweisung der Geschenke. Auch Maria und Josef bedeckten ihre Gesichter mit den Händen. Nur das Kind lag da, mit unbedeckten, offenen Augen.

Die drei traten ganz nahe zu ihm hin und sprachen: „Du bist nicht aus der Welt des Goldes, der Myrrhe und des Weihrauchs – so wenig als wir. Du gehörst in unsere Welt der Not, der Plage und des Zweifels. Darum bringen wir dir dar, was uns und dir gemeinsam ist."

Der Erste nahm einige seiner Lumpen und legte sie auf das Stroh. Und er sprach: „Nimm meine Lumpen. Du wirst sie einst tragen, wenn sie dir deine Kleider nehmen und du allein und nackt sein wirst. Gedenke dann meiner."

Der Zweite nahm eine seiner Ketten und legte sie ihm neben die Hand. „Nimm meine Fesseln. Sie werden dir passen, wenn du älter sein wirst. Man wird sie dir einst umlegen, wenn man dich wegführt. Denke dann an mich."

Der Dritte beugte sich tief über das Kind und sprach: „Nimm meinen Zweifel und meine Gottverlassenheit. Ich habe sonst nichts. Ich kann sie allein nicht tragen. Sie sind mir zu schwer. Teile sie mit mir. Nimm sie ganz in dich auf, schreie sie aus und trage sie vor Gott hin, wenn du so weit sein wirst."

Tief erschrocken hielt Maria die Hände abwehrend über das Kind. Lautes Gemurmel drang durch das Haus und durch die Tür: „Jagt sie fort! Sie legen einen Fluch auf das Kind!" Josef griff in die Krippe, um Lumpen und Fesseln von ihm wegzunehmen. Aber sie ließen sich nicht aufheben. Es war, als ob sie mit dem Kind verwachsen wären. Das Kind aber lag da, mit offenen Augen und Ohren zu den drei Männern hingewendet.

Nach langem Schweigen erhoben sie sich. Sie streckten sich aus, als ob etwas Schweres von ihnen gefallen wäre. Sie hatten den Ort gefunden, wo sie ihre Last hatten niederlegen können. Sie wussten, dass bei diesem Kind alles in treuen Händen bewahrt und bis zuletzt hindurchgehalten würde: die Not, die Plage und die Gottverlassenheit. Mit zuversichtlichem Blick und festem Schritt traten sie aus dem Haus, hinaus in ihr begrenztes und mitgetragenes Elend.

Sie gingen in das Haus, wo sie das Kind
mit seiner Mutter Maria fanden,
knieten vor ihm nieder
und ehrten es wie einen König.
Dann packten sie ihre Schätze aus
und beschenkten das Kind
mit Gold, Weihrauch und Myrrhe.
Matthäus 2,11

Vom Hirten, der nicht nach Bethlehem gehen wollte

Als sich die himmlischen Heerscharen wieder zurückgezogen hatten, herrschte unter den Hirten große Aufregung. Jeder wollte als Erster der Spur nachgehen und das Kind auffinden. Die Hoffnung, endlich Gewissheit zu erhalten, trieb sie auf den nächsten Weg nach Bethlehem. Mit freudigen Rufen munterten sie einander auf und verschwanden im Zwielicht von nächtlicher Dunkelheit und himmlischem Widerleuchten.

Nur ein alter Hirte blieb zurück. Alle verheißenden Zurufe hatten nicht vermocht, ihn mitzureißen. Zwar war auch er mit den andern aufgesprungen, als sie plötzlich vom Licht überflutet worden waren. Aber bald hatte er sich wieder gefasst und vor sich hingebrummt: „Himmlische Trugbilder! Ich traue ihnen nicht mehr. Sie öffnen eine Tür, hinter der nichts ist und nichts geschieht!" Und er fühlte sich voll bestätigt, als der Glanz wieder verschwunden war. Da er jedoch die Freude der andern nicht beeinträchtigen wollte, schwieg er. Er sagte sich: „Was soll ich ihnen die Erwartung missgönnen? Sie sind jung genug, um immer neu zu hoffen und die Enttäuschungen des Himmels zu überwinden." Laut aber sprach er: „Geht nur und lasst mich hier. Jemand muss sich um die Tiere kümmern. Sie sind ja ganz verstört." Und während sie aufbrachen, ging er in die Runde, um die vor Schreck verstreute Herde zu sammeln. Er besänftigte die Tiere mit ruhigen Worten und sie sammelten sich um seine Stimme. „Kommt, ihr armseligen Geschöpfe. Ihr weidet hier, um geschoren und geschlachtet zu werden. Ob Licht oder Dunkel auf euch fällt, ändert euer Geschick nicht. So bleibt wenigstens beisammen, solange euch ein Hirte sammelt."

Aus der Ferne vernahm er die Stimmen seiner Gefährten, die sich schon dem Dorf näherten. Irgendwo öffnete sich eine Tür. Licht drang heraus und legte sich wie ein Streifen gegen den Rand des Feldes. Dann schloss sich die Tür wieder. Nun war es überall dunkel. Aber – da flackerte doch etwas hinter dem Rücken der Tiere in der Dornenhecke. Etwas zitterte in den Zweigen und Blättern, etwas Helles, das vorher nicht da gewesen war. Prüfend schaute der alte Hirte gegen das Dorf, ob von einem andern Haus ein Strahl über das Feld geworfen worden sei. Aber nichts Derartiges zeigte sich. Langsam bewegte er sich gegen die Hecke und griff dann mit kräftiger Hand mitten hinein. Nichts war da. Nur dorniges Gestrüpp drang in seine Hand ein. Er wand sie vorsichtig zurück. „Hättest es dir doch denken können", warf er sich schimpfend vor. „Bist immer noch nicht klüger geworden. Wo du hingreifst, sind immer Dornen. Nur Tiere haben weiches Fell."

Aber während er noch die Dornen aus der Hand zog, sah er, wie es nebenan wieder flackerte. Er packte seinen

Hirtenstock und schlug ihn auf das Gebüsch. Es knackte in den Zweigen. Das Licht blieb stehen. Er hielt an. „Nein. So löst du das Rätsel nicht. So hast du es noch nie lösen können. Es blieben doch immer nur geknickte Zweige zurück, die verdorrten und keine Blätter und Blüten mehr trugen. Erst bei den Tieren hast du es doch gelernt, dass der Stock nichts taugt. Vorher hast du doch bitter gebüßt – damals, als dein Sohn zornig aus dem Hause ging und zu den Rebellen lief." Erschrocken warf er den Stock weg. „Vielleicht ist seine Seele in den Dornen gefangen? Oder gar deine eigene?"

Behutsam senkte er seine Finger ins Gestrüpp, um sich an das Licht heranzutasten. Schon rieselte es in schmalen Streifen über der Hand – aber plötzlich verschob es sich seitwärts in die Hecke.

Nun konnte nichts mehr den Alten zurückhalten, dem Schein nachzutappen. Da war etwas, wonach er greifen musste. Er spürte die Dornen kaum, die seine suchende Hand aufritzten. Mochte es schmerzen, ihn plagte anderer Schmerz. Je rascher und tiefer er nach dem huschenden Licht griff, desto schneller huschten vor seinem Auge die Bilder des Lebens vorbei: „Dornen und Licht, Licht und Dornen. Dornen im Licht, Licht unter Dornen. Warum nie nur Licht? Müssen so viele Dornen aufgefangen werden, bis das Licht wieder rein schwebt? Endet denn diese Hecke nie?"

Auf einmal war das Licht weg. Er schaute um sich und sah die Dämmerung des Morgens. Von ferne hörte er das Blöken der Tiere und die Rufe der Gefährten, die zurückgekehrt waren. Sie schienen ihn zu suchen. Langsam ging er ihnen entgegen, müde und mit blutenden Händen. „Habt ihr das Licht gesehen?“, fragte er zögernd.

„Ja“, antworteten sie ihm, „wir haben es die ganze Nacht gesehen. Es lag auf der Stirne des Kindes in der Krippe.“

„Konntet ihr es greifen?“, fragte er zurück. Sie schauten einander verwundert an. „Es genügte doch, dass es da war und wir in seinem Schein standen. – Aber, deine Hände bluten. Was ist geschehen?“

„Ich wollte nach dem Licht greifen“, sagte er still und ging an ihnen vorbei. Sie schauten sich stumm an. „Warum ist er nicht mit uns gekommen? Gott hat ihn mit Wahn geschlagen.“

Während des ganzen Tages erzählten sie immer wieder von den Ereignissen der vergangenen Nacht, vom Einbruch des Himmels und seiner Heerscharen, vom Kind und seinen Geheimnissen. Nur der alte Hirte saß stumm daneben. Erst als die Nacht einbrach, regte er sich und spähte unruhig umher. Dann sprang er auf und rief: „Es ist wieder da. Seht ihr das Leuchten in der Hecke?“

Verständnislos starrten sie ihm nach und sahen, wie er sich in den Dornen abmühte. „Er wird von einem Irrlicht gefoppt“, flüsterten sie einander zu, „er wird von einem Irrlicht gefoppt, weil er das rechte Licht nicht hat sehen wollen.“ Und er tat ihnen Leid, bis sie einschliefen.

So vergingen einige Tage. Tagsüber erzählten sie von dem, was in jener Nacht geschehen war. Einigen verblassten die Ereignisse, andere schmückten sie aus – wie es eben unter Menschen geschieht. Nachts schliefen sie und ließen den Alten in seinen endlosen Mühen gewähren. Er entfernte sich immer weiter von ihnen.

In der vierten Nacht lockte ihn das Leuchten in die Nähe der großen Schlucht. Wie er ihm nachtastete, vernahm er Schritte. Sie kamen näher und hielten bei ihm an. Vor ihm stand ein Mann mit einer Frau, die ein Kind auf den Armen trug.

Der Mann flehte ihn an: „Wir sind in Gefahr. Man will uns unser Kind wegnehmen. Wir kennen diese Gegend nicht. Kannst du uns den Weg zur ägyptischen Grenze zeigen? Du hast doch ein Licht bei dir."

„Ein Licht?", stammelte der alte Hirte.

„Ja", sagte der Mann. „Wir haben uns in der Dunkelheit nach deinem Licht ausgerichtet. Wir hofften, dass uns jemand helfen würde."

Der alte Hirte kehrte sich um. Vor seinen Füßen lag der Schein auf dem Weg und leuchtete über die Steine. „So kommt mit mir. Ich kenne den Weg durch die Schlucht."

Er ging voran, dem fließenden Strahl nach. Sie folgten ihm. Keines glitt aus, keines strauchelte. Sicher und langsam erklommen sie die gegenüberliegende Höhe. Dort hielt der Alte an. Er zeigte über die Ebene und sagte: „Nun könnt ihr den Weg nicht mehr verfehlen. In dieser Richtung führt der Weg zur Grenze. Bald wird es hell werden. Ich wünsche euch eine gute Reise."

Der Mann und die Frau drückten seine Hand. „Du hast unser Kind gerettet. In seinem Namen danken wir dir. Gesegnet seist du mit deinem Licht." Und sie schritten in den Morgen hinein. Er aber kehrte zu seinen schlafenden Gefährten zurück, die noch immer von den Ereignissen jener Nacht träumten.

Nachdem die Engel in den Himmel
zurückgekehrt waren, beschlossen die Hirten:
„Kommt, wir gehen nach Bethlehem.
Wir wollen sehen, was dort geschehen ist
und was der Herr uns verkünden ließ.“
Lukas 2,15

Uns ist ein Kind gegeben

Der Himmel war ratlos. Kein Himmlischer wusste mehr, wie man den Menschen beikommen könnte. Die Irdischen waren für die Geheimnisse des Himmels taub und blind geworden. Lange Zeit hatte es keine Offenbarung mehr gegeben. Kein Bote war mehr zur Erde geschickt worden, um vereinzelten Auserwählten etwas vom Geschmack des Himmels mitzuteilen. Auch die Träume waren erloschen. Wenn Irdische träumten, dann von ganz anderen Dingen, von Reichtum, Erfolg und schönen Frauen. Sie träumten nach außen, nicht nach innen oder gar nach oben.

Dieser öde Zustand durfte nicht weiter um sich greifen. Die sichtbare und die unsichtbare Welt drohten immer mehr auseinander zu fallen und sich einander völlig zu entfremden. Es tat den Irdischen nicht gut, sich immer nur mit sich selbst zu beschäftigen. Aber auch die Himmlischen litten darunter, immer nur unter sich zu sein. Sie drängten danach, ihre Welt aufzubrechen und den himmellos Gewordenen das Gesicht zu weiten.

Doch keiner wagte es, von sich aus etwas zu unternehmen. Ihr oberster Gefährte war zu Gott gerufen worden und hatte sie ratlos zurückgelassen. Ohne seinen Auftrag wollten sie nichts erzwingen. So blieb ihnen nichts übrig, als in der Zwischenzeit die traurigen Herzen zu leeren und über mögliche Wege miteinander zu verhandeln.

Eine Gruppe wies darauf hin, dass früher die Erschütterungen der Erde und große Naturkatastrophen die Irdischen am ehesten nachdenklich gestimmt hätten. Doch dagegen wurde einhellig Einspruch erhoben: „Strafaktionen können doch nicht himmlische Mittel sein. Wahrscheinlich haben gerade solche Mittel dem Ansehen am meisten geschadet und den Himmel unglaubwürdig gemacht. Auch ist nach der großen Sintflut kein Einziger besser geworden. Im Gegenteil, der Untergang hat den Übriggebliebenen ein derartig schlammiges Gefühl hinterlassen, dass sie bis ins Innerste verkrustet worden sind. Jeder, der gegen den Himmel misstrauisch ist, beruft sich auf solche Katastrophen."

Da wäre es doch sinnvoller, meinte eine andere Gruppe, in voller Ausrüstung den Irdischen gegenüberzutreten und sie mit Glanz und Gloria so zu überwältigen, dass keiner mehr die Augen verschließen könne. Dem Aufmarsch der himmlischen Heerscharen werde niemand widerstehen. Aber die Jüngeren waren solcher Machtdemonstration völlig abgeneigt. „Wir werden wohl im Moment Eindruck machen", gaben sie zu bedenken, „aber wir können ja nicht dauernd vor ihnen stehen bleiben. Wenn sie uns nicht mehr sehen, bleiben ihnen nur unsere Heere in Erinnerung. Und sie werden nicht zögern, unseren Auftritt nachzuahmen und selber Heere aufzustellen. Ja, sie werden uns missbrauchen, um ihre mörderischen Heere himmlisch zu verbrämen. Und ihre Lanzen und Schwerter werden nicht mehr aus Licht sein, sondern aus Stahl und Feuer."

Bisher hatte sich eine weitere Gruppe zurückgehalten. Doch von ihren Mienen war abzulesen, dass sie mit keinem Vorschlag einverstanden waren. Sie sahen so aus, als hätten sie besondere Überlegungen angestellt und wären längst zu einem besseren Entscheid gekommen. „Schaut doch nicht so überlegen drein", riefen ihnen die andern zu, „sondern sagt, was ihr denkt! Es ist nicht himmlischer Brauch, seine Weisheit für sich zu behalten."

„Man hat uns nicht gefragt. Wir können warten, bis man uns anhören will. Nun denn, wir haben uns unter den Irdischen umgesehen und sind auf andere Dinge gestoßen. Wir haben wie ihr lange Zeit darunter gelitten, dass man von uns nicht mehr viel weiß oder wissen will. Wir haben die Ursache dafür nicht nur bei ihnen gesucht, sondern auch bei uns und unsern gebräuchlichen Wegen. Wir haben seit Wochen den irdischen Markt erforscht. Man muss wissen, wie sie denken, was sie erwarten und welche Bedürfnisse sie haben. Danach müssen wir unsere Absicht richten. Sonst bleibt es ein Angebot ohne Nachfrage."

„Ich erhebe Einspruch!", rief einer. „Wir sind vor ihnen da gewesen. Wir haben ältere Rechte anzumelden. Sie haben uns nicht zu kritisieren. Die Bedürfnisse des Himmels sind tiefer, von den Geheimnissen Gottes ganz zu schweigen. Sie sind Geschöpfe, und erst noch die letzten. Sie haben zu dienen."

„Beruhige dich", antwortete ihm ein anderer. „Du weißt doch noch, wie Gott die Menschen schuf – aus reiner

Freude. Er war nicht hungrig, als Er sie schuf, Er suchte keine, die Ihn mit Opfer befriedigten. Das tun nur die Götter – aber doch nicht Er. Weil Er frei von ihnen ist, ist Er auch frei für sie. Lass uns den Vorschlag hören." So fuhren die Boten weiter, die die Irdischen erforscht hatten, und sprachen: „Seit die Irdischen ohne Aufblick zu uns leben, wenden sie den Blick nur noch zur Erde. Sie arbeiten immer gegen den eigenen Schatten. Das gibt auch ihrer Arbeit etwas Dunkles und Endloses. Sie können sich nicht mehr recht freuen und sehnen sich doch danach. Wir wollen ihnen ein Fest bereiten und ihnen so auf Jahre hinaus Erinnerungen der Freude und der Freiheit schenken."

Kaum hatten sie gesprochen, erhob sich lebhaftes Stimmengewirr. Weil es aber Himmlische waren, tönte es dennoch himmlisch schön: Ein Fest mit allen Geschöpfen Gottes, das wäre die Versöhnung! – Sie werden einen Augenblick an uns denken und uns bald zur bloßen Dekoration erniedrigen! – Sie unterbrechen nur die Arbeit, aber nicht ihre Grundhaltung! – Wir hinterlassen ihnen bessere und tiefere Bedürfnisse, als sie bisher hatten! Und so wogte es hin und her.

Plötzlich wurde es still. Gabriel war zu ihnen getreten. Er war bei Ihm gewesen. Noch leuchtete etwas um ihn, das vom Urlicht Gottes ausstrahlte, das keiner sehen konnte, ohne die Augen zu verschließen. Nun stand er unter ihnen und strahlte sie an. Dann sagte er: „Ein Kind." Und als ihn alle sprachlos anschauten, wiederholte er: „Ein Kind. Er gibt ihnen ein Kind. Das ist Seine Antwort auf die Entfremdung der Menschen."

Ein Kind? Ein Kind! riefen nun alle miteinander, und es klang wie Glocken hell und dunkel, leicht und dumpf, staunend und erschrocken, bewundernd und abwehrend: ein Kind – wie göttlich; ein Kind – wie gewöhnlich; ein Kind – wie einfach; ein Kind – wie unverständlich!

Da aber bei den Himmlischen keiner aus seinem Herzen eine Mördergrube machen muss, weil er das nämlich nicht kann, da jeder an der Stelle des Herzens ein Herz hat, ließ Gabriel mit Ruhe die Einwände an sich herankommen. Hatte er es doch selber kaum fassen können, als ihm Gott den Plan mitgeteilt hatte. Er wusste, dass seine Gefährten umso lieber am Werk mithalfen, je klarer sie es selber beurteilen konnten.

Als Erstes brach es aus jenen heraus, die die Irdischen erforscht hatten: „Aber sie wollen das Kind doch nicht! Sie wollen überhaupt keine Kinder mehr. Sie fürchten sich vor ihnen. Sie erfinden alles, um Kinder fern zu halten, um sie zu verhüten oder abzutreiben. Kinder sind unerwünscht. Und dann, wenn Kinder trotzdem kommen, haben sie keinen Platz für sie. Man gibt Familien mit Kindern keine Wohnung. Überall sind sie eine Last und müssen es spüren und hören. Sie alle, die, die keine Kinder wollen, und die, die keine Kinder in der Wohnung haben wollen, haben den Segen in Fluch verwandelt. Darum wird auch für dieses Kind kein Platz sein. Es ist unerwünscht."

Gabriel antwortete ruhig: „Eben gerade darum soll es ein Kind sein, ein unerwünschtes neben unerwünschten. Es wird ihm gehen wie vielen andern. Der Mann seiner Mutter wird sie verlassen wollen. Der Machthaber der Zeit wird ihm nach dem Leben trachten, kaum ist es geboren. Später wird man nach ihm greifen wollen, weil er als Erwachsener anders denkt und lebt als die andern. Immer wird er unerwünscht sein – so wie Gott selber in der Welt unerwünscht ist. Dieses Kind teilt sein Schicksal mit Gott und mit allen ungeliebten Kindern und Menschen. Das wird die Gemeinschaft aller Unerwünschten sein."

Da Fragen erlaubt war, nahte sich einer jener Gruppe, die die Irdischen mit Schrecken erschüttern wollten, und fragte: „Warum soll es wieder einer von ihrer Sorte sein? Gibt es davon nicht schon genug?"

Gabriel wiederholte die Frage ruhig und sprach: „Du meinst: Warum soll es wieder einer von ihrer Art sein, nicht wahr? Vergiss es nicht, dass die Menschen nur ein wenig geringer sind als wir selbst, auch sie hat Gott mit Hoheit und Ehre gekrönt."

„Gut, ja", antwortete er, „warum soll es wieder einer von ihrer Art sein? Von ihresgleichen nehmen sie nichts an. Sie kennen und durchschauen einander genug. Ihr Wesen pflanzt sich fort und verändert sich nicht. Warum gibt Er ihnen nicht gleich eine höhere Stufe? Zwischen ihnen und uns ist doch noch genügend Raum für einen höheren Menschen, für einen, der sich schon weiterentwickelt und den bisherigen irdischen Menschen abgestreift und überwunden hat. Warum fängt Gott wieder mit den Menschen dieser Art an?"

Gabriel antwortete: „Alles Menschliche, das mehr ist als ein Mensch, wird ein Übermensch und unmenschlich. Sie haben an Übermenschen genug zu leiden. Für Gott sind sie recht als Menschen. Es genügt, wenn sie rechte Menschen sein können. Sie haben noch viel Raum, um sich als Menschen zu entwickeln, die Schöpfung Gottes ist noch nicht zu Ende. Solange Er sie haben will, sind sie im Werden. Es ist wieder ein neuer Schöpfungstag, wenn Er dieses Kind schafft.

Du brauchst keine Angst zu haben. Das Kind wird von ihrer Art sein, aber nicht von ihrer Unart. Es wird ihnen zeigen, wie menschenfreundlich Gott ist und wie gottesfreundlich der Mensch sein kann. Das Herz Gottes wird von ihm an in der Welt schlagen. Dann bekommt auch das menschliche Herz einen neuen Takt."

Still flüsterte da ein Kleiner vor sich hin: „Auf alles hat er eine Antwort, als ob immer alles aufginge und kein Rest zurückbliebe." Aber da er es im Himmelsraum flüsterte, widerhallte sein Vorwurf von allen Seiten.

Gabriel schaute ihn an und sprach: „Ich habe Ihn gesehen. Seine Augen leuchteten vor Freude und die ganze Menschheit spiegelte sich darin, als Er ans Werk ging. Kann ich euch da eine andere Antwort geben?"

Daraufhin wagte kaum mehr einer, etwas zu fragen, bis zuletzt einer sich bescheiden erkundigte: „In welchem Volk soll das Kind geboren werden? Und ist es auch sicher, dass man es dort annimmt?"

Ihm antwortete Gabriel: „Es wird in einem Volk geboren werden, das kein Volk ist und keine Grenzen hat. Was dort geschieht, gehört von Anfang an der ganzen Welt. Es kommt in diesem Volk zur – Welt.

Und ob sie es annehmen? Es ist eine Gabe Gottes und

nicht ein Zwang. Du weißt, dass Gott mit seinen Gaben die Welt nicht erpresst und nicht kauft. Er gibt aus reiner Freude. Er gibt aus Liebe. Es ist Sein Angebot an alle."

Nun musste niemand mehr fragen, auch wenn die Freude und das Beben nicht verstummten. Denn im Himmel führen die Gespräche immer zu einem Weg, dem alle aus innerer Überzeugung zustimmen können. Bevor aber der Jubel ausbrach, verteilte Gabriel die zukünftigen Aufgaben.

Zur ersten Gruppe sprach er: „Ihr werdet den Menschen den Schlamm der Angst von den Herzen nehmen, damit sie die einfache Liebe und das Vertrauen wieder empfinden können. Ihr werdet in der Nacht der Geburt den Menschen erscheinen und ihnen sagen: Fürchtet euch nicht, denn wir verkündigen euch Freude!"

Zur zweiten Gruppe sprach er: „Ihr werdet in jener Nacht die himmlischen Scharen vertreten. Doch sollt ihr mit leeren Händen vor den Menschen erscheinen, damit sie erkennen, dass der Himmel keine anderen Waffen hat als die Macht und die Ohnmacht der Liebe Gottes."

Und zur dritten Gruppe sprach er: „Ihr werdet das Fest in die Herzen jener legen, die ein unerwünschtes Kind bekommen. Ihr werdet im Traum dem Mann erscheinen, der seine Frau verlassen will, und ihm Mut machen. Ihr werdet in der Nacht die Frauen und Mädchen ermutigen, die in der Hoffnung und von Sorgen gequält sind. Ihr werdet das Fest in die Herzen jener legen, die keine eigenen Kinder haben, aber andere aufnehmen. Ihr werdet die Herzen der Vermieter aufbrechen, dass sie Familien mit Kindern in ihre Häuser aufnehmen. Wenn einige beginnen, werden andere ermutigt, solange es noch unerwünschte Kinder gibt."

Und so kam es, dass drei Monate später ein erschrockener Mann bei seiner Frau blieb, die ein Kind erwartete, und abermals sechs Monate später das Kind in der Krippe lag, und alle Engel zitternd und fröhlich sangen:

Ehre ist bei Gott in den Höhen
und Friede auf Erden unter den Menschen,
an denen Gott Wohlgefallen hat.

Und eine Zeit begann, die nie mehr aufhört.

Uns ist ein Kind geboren! Ein Sohn ist uns geschenkt!
Er wird die Herrschaft übernehmen.
JESAJA 9,5

Der Eindringling

Als sie am festlichen Tisch saßen, läutete die Hausglocke. Sie schauten einander verwundert an. Niemand hatte ein Auto anfahren oder einen Schritt im Kies knirschen hören. Die Tochter stand auf, um nachzusehen, wer da so plötzlich aufgetaucht war. Vorsichtig öffnete sie die Haustür. Ein Mann stand draußen. Sie kannte ihn nicht. Sie merkte ihm aber sofort an, dass er zu Fuß gekommen sein musste. Er grüßte freundlich und bat, eingelassen zu werden.

„Mit wem möchten Sie denn reden?", fragte die Tochter zurück.

„Am liebsten mit Ihnen allen", antwortete er ruhig und schaute sie bittend und prüfend an. Das klang ihr zu unbestimmt. Es klang wie der neue Trick eines Sektenmitglieds.

„Ja, ich weiß nicht, ich werde meinen Vater rufen", zögerte sie und ging ein paar Schritte zurück. Die Tür behielt sie im Auge.

Der Vater kam, die Zeitung in der Hand. Die Zeitung, hinter der er sich auch sonst verschanzte. Auch der Vater kannte den Fremden nicht.

„Sie möchten zu mir kommen?", fragte er nach einem kurzen Gruß.

„Gewiss“, sagte der Fremde, „ich möchte zu Ihnen kommen, aber auch zu Ihrer Frau, zu Ihrer Tochter und Ihrem Sohn.“

„Aber worum handelt es sich denn? Sie dürfen heute am Sonntag ja gar keine Kundenbesuche machen.“

„Nein“, sagte der Fremde, „ich möchte nur Ihr Haus besichtigen.“

„Mein Haus besichtigen? Wozu? Ich will es nicht verkaufen. Sie täuschen sich, oder man hat Sie falsch orientiert. Ich gebe mein Haus keinem andern. Sie haben eine falsche Adresse zugespielt bekommen. Vielleicht will mein Nachbar sein Haus verkaufen. Soll ich einmal nachfragen?“

„Danke“, sagte der Fremde, „ich täusche mich nicht. Ich kenne das Haus Ihres Nachbarn. Es handelt sich wirklich um dieses Haus. Nicht wahr, Sie sind doch in diesem Haus geboren?“

„Ja, es ist das Haus meines Vaters.“

„Ganz recht“, sagte der Fremde, „Ihr Haus ist das Haus meines Vaters.“

„Was erlauben Sie sich? Sparen Sie sich Ihre Späße. An meinem Eigentum gibt es gar nichts zu rütteln. Dieses Haus gehört mir. Es ist das Haus meines Vaters.“

Der Fremde antwortete: „Gewiss, ich wiederhole ja nur: An meinem Eigentum gibt es nichts zu rütteln. Dieses Haus gehört mir. Es ist das Haus meines Vaters. Es ist, wenn Sie so wollen, das Haus Ihres und meines Vaters. Darum möchte ich es besichtigen.“

„Ich verstehe Sie ganz und gar nicht. Sie täuschen sich doch. Mein Vater ist tot, und ich habe keinen Bruder.“

„Hier irren Sie sich, lieber Herr“, sagte der Fremde. „Ihr Vater lebt, und Sie haben einen Bruder. – Lassen Sie mich jetzt bitte eintreten!“

Sie standen beide noch immer am selben Fleck, diesseits und jenseits der Schwelle. Hinter dem Vater hatten sich die Mutter und die Kinder aufgestellt. Auch sie waren über die seltsamen Behauptungen und den entschiedenen Wunsch des Unbekannten schockiert. „Lass ihn nicht eintreten, er ist gefährlich!“, rief die Mutter. „Soll ich die Polizei anrufen?“, fragte der Sohn. „Warum wollen Sie denn das Haus besichtigen?“, beschwichtigte die Tochter.

Der Fremde sagte: „Es ist mein gutes Recht. Es ist mein Eigentum. Mein Vater hat es mir verschrieben. Schon vor langer, sehr langer Zeit. Schon als dieses Haus im Bau war.“

Alle schauten sich stumm an. Jetzt war der Fall klar. Der Mann war krank. Er litt wohl an irgendwelchen Wahnvorstellungen. Es galt nur noch, ihn schonungsvoll zu verabschieden.

„Es ist denkbar, dass Sie an diesem Haus ein besonderes Interesse haben. Nur ist es uns leider zu diesem Zeitpunkt nicht möglich, Sie zu empfangen und Ihnen das Haus zu zeigen. Wir sind darauf nicht vorbereitet. Verstehen Sie? Vielleicht passt es auch Ihnen ein anderes Mal besser. Entschuldigen Sie bitte! Auf Wiedersehen!“

Der Vater langte nach der Klinke, um die Tür vorsichtig, aber entschieden zu schließen. Aber in diesem Moment setzte der Fremde seinen Fuß hinter die Schwelle und griff mit beiden Händen seitwärts zwischen Riegel und Türrahmen. Das hätte er nicht tun sollen. Denn als die Familie erkannte, wie gefährlich der Eindringling war, leistete sie gemeinsam Widerstand. Alle stemmten sich von innen gegen die Türe. Er aber wich nicht. Sie hörten seinen Fuß knacken. Er wich nicht. Die Türe wurde durch den Kampf hochgedrückt und begann zu schwanken. Es nützte nichts mehr. Sie würde sich nicht mehr schließen lassen.

„Lassen Sie mich bitte eintreten. Sie verlieren nichts, Sie gewinnen nur. Glauben Sie mir." Die Stimme tönte schmerzlich, aber nicht weinerlich. Da gaben sie nach. Der Fremde hinkte hinein. Die Fußknochen waren zerquetscht. Er blutete an beiden Händen. Der Riegel hatte sich in sie eingegraben. „Begreifen Sie, dass ich kommen musste? Ich konnte nicht anders. Nehmen Sie meine Hand zum Zeichen, dass ich es gut mit Ihnen meine und Ihnen nichts nachtrage." Er streckte ihnen die Hand entgegen. Plötzlich erschrak er und sagte: „Oh, da ist ja Blut an den Händen. Kann ich es wegwischen?"

Ohne ein Wort führten sie ihn in die Küche. Die Mutter gab ihm ein frisches Tuch. Die Tochter reichte ihm ein Glas Wasser.

Er sagte: „Ein Glas Wasser für mich? Danke, das genügt. Das ist freundlich von Ihnen. Nicht wahr, es geht besser als Sie gedacht haben?"

Dann schaute er sich in der Küche um. „Sie sind mit allem wohl versehen. Es geht Ihnen sicherlich gut." Er betrachtete den Tisch und fragte: „Ist der Tisch für Sie vier nicht etwas zu groß?"

„O nein“, antwortete die Mutter, „wenn ich alles auf den Tisch stelle, was wir essen, ist er fast noch zu klein.“

Er erwiderte: „Ich habe es nicht so gemeint. Tische können nicht groß genug sein. Das sagt auch mein Vater. Aber Sie haben zu wenig Stühle daran. Sie haben noch für mindestens zwei Menschen Platz.“ Er lächelte. „Sie werden nicht verhungern. Wissen Sie jemanden, den Sie einladen könnten?“

Während sie erschrocken nachdachten, bückte er sich und starrte in den Abfalleimer. „Da drinnen liegt zu viel brauchbare Ware. Ich kenne Küchen, in denen man um Ihren Abfall froh wäre.“

Sie wurden rot, als sie es hörten. Aber keiner begehrte auf. Es war einfach wahr, was der Fremde sagte.

Dann bat er, die Stube sehen zu dürfen. Jetzt war es zu spät, ihm etwas abzuschlagen. Seit er drinnen im Haus war, fühlten sich alle wie gezwungen, ihn machen zu lassen. Aber es war ein Zwang, der sie glücklich machte.

Mit einem kurzen Blick erfasste er die ganze Stube. Eigenartig war es, wie ihre Blicke dieselbe Richtung nahmen und sie selber zu prüfen begannen, was vor seinem Blick bestehen könnte. Er wandte sich an den Vater: „Wären Sie so freundlich, dieses Fach zu öffnen?“ Er zeigte auf das verschlossene Fach beim Sekretär.

Alle zogen hörbar den Atem ein. Das war das Geheimfach des Vaters. Schon oft hatten sie versucht, hinter dieses Geheimnis zu kommen, hinter das Geheimnis seines Einkommens, hinter die Art, wie er das Geld verdiente, verwaltete und verteilte. Und nun zog der Vater alles heraus: die Akten, die Lohnausweise, die Steuererklärung.

„Habt ihr das alles gewusst?", fragte der Fremde die Familie.

Der Vater antwortete persönlich: „Nein, sie haben nur jene Teile gewusst, die ich ihnen mitteilen wollte. Bisher war ich allein für das Geld zuständig."

Der Fremde sagte: „Bisher? Sie sind also bereit, es zukünftig anders zu handhaben? Sie werden alle glücklicher sein." Etwas von diesem neuen Glück zog durch die Stube und schwebte auch über den bereitgelegten Papieren. Niemand schaute mehr darauf. Es waren Papiere geworden, keine Götter und keine Geheimnisse mehr, nach denen man greifen und sich wundern musste.

Er verließ die Stube und ging weiter.

„Verzeihung", rief die Mutter, „unser Schlafzimmer ist heute nicht aufgeräumt."

„Oh, das stört mich nicht", sagte der Fremde. „Schlafzimmer sind fast nie aufgeräumt, nicht einmal dann, wenn sie peinlich geordnet sind. Messen Sie den Schlafzimmern nicht zu viel Bedeutung bei? Sie sind nur ein Teil des Lebens, aber nicht das Leben selbst. Das Leben selber ist viel größer." Er schlug eine der Bettdecken zu und sagte: „Diese Dinge können Sie miteinander in Ordnung bringen, wenn Sie ehrlich sind."

Dann ging er zum Fenster und öffnete es. „Sehen Sie", sagte er und zeigte auf die Straße, die Nachbarhäuser, die Geschäftshäuser und auf einige Fabrikkamine im Hintergrund, „sehen Sie, da spielt sich ein Leben ab, das Sie ernster nehmen müssten als die paar Dinge unter der Bettdecke. Da draußen werden Menschen vergewaltigt und unbefriedigt gelassen. Da verkümmern Lust und Freude, und kaum einer weiß noch, wozu er gut ist und wofür er lebt. Wollen Sie nicht da helfen, aufzuräumen?"

Er wandte sich an den Vater: „Ich werde bei der nächsten Sitzung Ihrer Betriebskommission dabei sein. Werden Sie mir helfen, die Dinge der Arbeit und des Geschäftes menschlicher zu regeln?"

Er wandte sich an die Mutter: „Lassen Sie bitte dieses Fenster offen. Sie müssen wissen, was Ihr Mann tut. Nur so können Sie ihm den Rücken stärken, wenn er in seiner Welt aufräumen soll. Ihre Wohnung ist nur ein ganz kleiner Teil in der Welt meines Vaters, und die meisten Hausfrauen ersticken vor Enge darin. Das ist nicht die Absicht meines Vaters. In seinem Haus sind viele Wohnungen. Sie sind alle miteinander verbunden und gehören zusammen. Es wird nur dann wohnlich, wenn alle gemeinsam an die Arbeit gehen und aufräumen, draußen und drinnen."

Er gab jedem die Hand. „Ich danke Ihnen, dass Sie mich aufgenommen haben. Ich danke Ihnen im Namen unseres Vaters." Bevor sie noch etwas sagen konnten, war er verschwunden. Da merkten sie, dass sie sich alle an der Hand hielten, Mann und Frau, Eltern und Kinder, Bruder und Schwester.

Er kam in seine Welt,
aber die Menschen nahmen ihn nicht auf.
Die ihn aber aufnahmen und an ihn glaubten,
denen gab er das Recht, Kinder Gottes zu werden.
JOHANNES 1,11.12

Die rationierte Zeit

Eines Morgens gab es plötzlich keine Zeit mehr. Sie war einfach weg, schlag- und fraglos verschwunden. Irgendjemand musste sie zurückgezogen haben. Ja, Gott hatte die Menschen beim Wort genommen. Ohne Unterlass hatten sie behauptet, sie hätten keine Zeit. Und weil Gott die Wahrheit liebt, sogar wenn sie im Menschenmund verdreht wird, hatte er eben diesen so oft behaupteten Zustand herbeigeführt. Jetzt war es wahr geworden, unheimlich wahr: Die Menschen hatten keine Zeit mehr.

Im ersten Schock stand alles Leben still. Es war wie an einem Sterbebett. Niemand konnte sich mehr freuen, niemand konnte mehr weinen. Wie im Märchen vom Dornröschen blieben die Bewegungen in der Luft stecken, und die Worte, die eben noch einer zum andern hatte sagen wollen, schwebten, kamen nicht weiter und drangen nicht in den andern ein. Nur langsam erholten sich die Menschen vom ersten Schreck und versuchten, im alten Stil weiterzuleben. Teilweise gelang es auch, aber nur ganz gespenstisch. Die Bewegungen glichen eher den Zuckungen von abgehauenen Gliedteilen bei Tierkörpern. Es lag kein Leben und keine Wärme mehr in ihnen. Das Leben wurde zum Schattenspiel. Es war alles in Umrissen da, aber hatte keinen Inhalt. Arbeit und Freizeit huschten in Bewegungen vorbei, aber sie strahlten kein Leben und keine Wärme aus.

Einigen freilich war der Verlust der Zeit gar nicht unangenehm. Sie konnten dadurch ihrer Vergangenheit entrinnen. Denn gab es keine Zeit mehr, so gab es auch keine Vergangenheit mehr. Ihnen war deshalb das zähe Dahinrinnen einiger lebloser Dinge geradezu willkommen, da sie sich vorher immer auf der Flucht vor der Vergangenheit abgehetzt hatten, ohne sie doch je abschütteln zu können.

Eine etwas lebhaftere Bewegung geschah unter den erstarrten Menschen, als sich herausstellte, dass einige Privatleute wie auch die Behörden ein solches Verschwinden der Zeit im Geheimen vorausgeahnt hatten. Die Menschen können ja nicht jahrelang etwas behaupten, ohne schließlich selber an diese Dinge zu glauben und sie herbeizuziehen. Dementsprechend hatten sie vorgesorgt und einen beschränkten Vorrat an Zeit auf die Seite gebracht.

Die Privatleute hatten wie üblich Zeit gehamstert und verkauften einen Teil davon jetzt auf dem schwarzen Markt zu überhöhten Preisen. Den Rest benutzten sie für sich, um das erschlichene Geld ausgiebiger verwerten zu können. Aber aus Angst, das bisschen Zeit könnte trotz des vielen Geldes dahinschwinden, lebten sie so rasch und intensiv und genossen alle toten Möglichkeiten so sehr, dass der Rest der gehamsterten Zeit bald ausgegangen war. Sie hatten vor lauter Zeitverbrauch bald keine Zeit mehr zu verbrauchen.

Die Behörden gingen natürlich weiser vor. Sie verkauften

die Zeit nicht. Sie rationierten sie. Jedermann erhielt nach dem vergangenen Zeitschema des einst christlichen Abendlandes eine Wochenkarte, auf welcher sieben Zeitabschnitte eingeteilt waren. Gegen diese Karte erhielt er die entsprechende Zeit zur Verfügung. Sie reichte gerade zu den wichtigsten Tätigkeiten wie Essen und ein wenig Arbeiten und Schlafen. Ja, auch schlafen. Denn diese Tätigkeit, die man vorher gar nicht als Tätigkeit betrachtet, sondern als selbstverständlichen Luxus hingenommen hatte, wurde nun eine gefährliche Angelegenheit. Wenn man sich nicht rechtzeitig ein paar Coupons für die Nacht reservierte, musste man damit rechnen, dass irgendwann in der Nacht die Zeit wie eine Parkuhr endgültig abgelaufen und durch gar nichts mehr einzuholen war. Die meisten fürchteten sich deshalb vor der Nacht und blieben wach, um den wichtigsten Zeitpunkt nicht zu verpassen. Sie wählten die verschiedensten Formen der Unterhaltung für die Nacht und nannten das seltsamerweise „Zeitvertreib". Wahrscheinlich war das eine Abkürzung für das längere und ungewohntere Wort, das eigentlich hätte heißen sollen: „Die Angst vor dem Ende der Zeit zu vertreiben."

Bei der ersten Ausgabe der Rationierungskarten erhob sich ein Streit über die Frage, ob die Einteilung von sieben Abschnitten pro Woche stimme. Einige wollten für den Sonntag einen doppelten Abschnitt, weil sie nur auf diese Weise alle ihre Pläne durchführen konnten. Andere dagegen wollten eher auf den Sonntag verzichten, weil sie doch nichts mit ihm anfangen könnten und er eine völlig unproduktive Form des Zeitverbrauchs wäre. Sie wollten dafür den Samstag verlängert wissen. Zu dieser Meinung neigten eigentlich die meisten.

Die Behörden blieben aber fest. Man wusste nicht recht, ob sie es aus Gewohnheit zum Überlieferten oder aus Vorsicht vor noch größerem Zeitverlust so hielten. Böse Zungen behaupteten, die Mehrzahl der Behördenmitglieder wäre eben katholisch und darum traditionsbewusst. Protestanten in den Behörden wären wie üblich dem Geist der Unzeit so weit entgegengekommen, dass sie auch da nachgegeben und den Sonntag ohne weiteres preisgegeben hätten. Sei dem, wie ihm wolle, der siebte Tag blieb stehen.

So hatte nun jedermann die nötige Zeit für sich und seinen Gebrauch. Doch damit kam die schmerzlichste Folge der rationierten Zeit zum Vorschein. Da die Zeit nur für jeden Einzelnen reichte, hatte er wirklich und ernsthaft jetzt keine Zeit mehr für den andern. Jeder wachte eifersüchtig darüber, dass er die Zeit nur für sich aufbrauchte. Da konnte gar nichts mehr für den andern Menschen übrig bleiben. Man konnte wohl einem andern die Zeit schenken, aber dann hatte man für sich keine mehr. Man nannte das darum nicht bloß vergeudete, man nannte diese geschenkte Zeit verlorene Zeit. So blieb die Zeit dürr, leer und selbstsüchtig.

Nur ein paar, die sich lieb hatten, fanden ein Geheimnis heraus. Sie schenkten sich nämlich gegenseitig die Zeit. Dabei kam keines zu kurz. Aber dieses Geheimnis entdeckten nur die paar, die sich lieb hatten. Und es gelang auch nur ihnen, es voll auszukosten.

Andere wollten nämlich dieses Geheimnis nachahmen. Nichts wird ja so oft nachgeahmt wie die Liebe, und nichts lässt sich so wenig nachahmen wie die Liebe. Man kann Liebelei nachahmen, aber nicht die Liebe. So richteten die Nachahmer ein Tauschgeschäft ein und handelten die Zeit miteinander aus. Es gab dann wohl einige Berührungspunkte, gleichsam einige gemeinsame Zeitpunkte, aber das war alles. Es gab dann wohl einige kürzere oder längere Erlebnisse, aber keine gemeinsame Geschichte. Doch wie sollte Liebe und wie sollten Menschen miteinander existieren und dauern können ohne gemeinsame Geschichte? So wurde man von dieser punkthaften Liebelei der vielen Berührungserlebnisse nur müde. Die Liebe fehlte, und darum ging die Zeit vorzeitig aus.

So wurde das Leben immer einsamer und trostloser, liebloser und leerer. Als aber die völlige Leere der Zeit gekommen war, schrien ein paar Menschen zu Gott, der die Zeit weggenommen hatte. Und sie riefen zu ihm: „Wir haben dich lange angelogen, als wir noch über Zeit verfügten und behauptet hatten, dass wir für dich und füreinander keine Zeit hätten. Du hast uns mit Recht gestraft. Wir verdienen keine Zeit mehr. Darum sind wir auch so leer und tot. Wir haben keine Vergangenheit und keine Vergebung mehr. Wir haben keine Vergebung und keine Vergangenheit mehr. Wir haben keine Gegenwart und keine Liebe mehr. Wir haben keine Liebe mehr und können nicht mehr füreinander gegenwärtig sein. Wir haben keine Zukunft und keine Angst und keine Hoffnung mehr. Wie können wir aber Menschen sein ohne Hoffnung und ohne

Angst? Wir sind lebende Leichname. Die Zeit ist in deinen Händen. Wenn du sie uns nicht mehr weiterschenkst, sind wir am Ende. Wir können schon jetzt nicht mehr die Jahre nach Christi Geburt zählen, weil es keine Jahre mehr gibt. Was soll aus uns werden, wenn wir uns nicht mehr nach Christi Geburt datieren können? Die Zeit ist in deinen Händen. Lass sie doch wieder durch deine Finger auf uns rinnen."

Und Gott erbarmte sich noch einmal der Menschen und schenkte ihnen ein neues Jahr, ein Jahr nach Christi Geburt. Ein Jahr der Liebe und der Zeit füreinander.

Meine Zeit steht in deinen Händen.
Psalm 31,16

Als sich das Gebet von den Menschen zurückzog

Längst hatte das Gebet gespürt, dass es den Menschen überall im Wege stand. Man wusste nicht mehr, wo man ihm Platz geben sollte. Auf den öffentlichen Plätzen und bei gemeinsamen Anlässen, im Beruf und in der Schule war es schon lange abgeschafft worden. Man hatte es in einige Gebäude mit Türmen und Glocken vertrieben. Dort konnte es noch offen, aber nicht mehr öffentlich dabei sein.

Aber diese Verbannung tat dem Gebet nicht einmal besonders weh. Es hatte früher oft darunter gelitten, dass es sich an allen Ecken und Plätzen hatte ausstellen lassen und zu üblen Dingen hatte herhalten müssen. Es hatte sich dabei nur so wehren können, dass es alle Worte für sich behalten und nicht weitergeleitet hatte. Nun war es wenigstens davon befreit, im Namen anderer eine öffentliche Rolle spielen zu müssen.

Doch bald musste es einsehen, dass auch die Innenräume der Menschen ihm keinen rechten Platz verschaffen konnten. Nicht nur in den Häusern und Zimmern wurde es bedrängt, so dass es sich unter Bettdecken verstecken und tagelang dort liegen bleiben musste. In den Menschen selbst war ihm kein Ort mehr gewiss. Die Knie waren empfindlich geworden, die Hände anderweitig beschäftigt, Lippen und Zungen sonst voller Bewegung und die Augen nur nach außen gerichtet. Immer tiefer versuchte es in die Menschen einzudringen und einen Schlupfwinkel zu erhaschen. Es wollte sich in ihre Gedanken und Gefühle einnisten, um wenigstens im Verborgensten mitzuschwingen. Aber wo es auch hinkam – alle Räume waren besetzt. Man ließ es zwar kurz hineingucken, wie man es etwa einem früheren Bekannten gestattet, wieder einmal schnell einzukehren. Aber man bat es nicht, sich niederzulassen und wie zu Hause zu sein. Das Gebet war überall ein ungebetener Gast. Es wurde heimatlos.

Voller Trauer und Enttäuschung wollte es sich zunächst rächen. Es beabsichtigte, sich an jener Stelle der Menschen einzuschleichen, wo das Vergangene am tiefsten haften bleibt und die Menschen noch lange beunruhigt, im Gewissen. Die Erinnerung an jene Zeiten, in denen es noch regelmäßig geübt worden war, sollte als schlechtes Gewissen die Menschen aufschrecken und sie wenigstens den Verlust ahnen lassen. Vielleicht könnte dies der Anfang einer neuen Sehnsucht sein.

Doch darüber erschrak es selbst. Nie und nimmer war es sein Auftrag gewesen, die Menschen zu zwingen. Von Anfang an hatte der, der es zu den Menschen geschickt hatte, betont, dass es nie zum Zwang und zum Gesetz greifen dürfte. Wer mit ihm reden wollte, sollte es aus freien Stücken tun – so wie ein Freund zum Freund redet. Aber es schämte sich auch, zurückzugehen und ihm zu melden, dass es keine solchen Freunde mehr gab.

Das Gebet verkroch sich in die Dunkelheit der Nacht. Im Schlaf waren die Menschen ja nicht mehr völlig sie selbst. Sie vergaßen sich und gaben sich preis. Das war der einzige Ort, an dem sie, ohne es zu wissen, etwas anderem als sich selbst vertrauten. So schlüpfte das Gebet in die Atemzüge und atmete heimlich mit. In den Ohren dessen, der es gesandt hatte, mochte es wie das Gebet freier Menschen klingen.

Doch bald entdeckten die Menschen auch diese Heimlichkeit. Ihrem suchenden Griff blieb ja nichts verborgen. Und nun holten sie zum letzten Angriff aus. Sie trafen das Gebet an seiner empfindlichsten Stelle. Sie zerredeten es. Sie rechneten ihm erst vor, wie es ihre Hände gebunden und sie am Handeln gehindert hätte. Sie hielten ihm seine mangelhaften Antworten vor, die nie oder zu spät oder unverständlich kamen und nie zur Hand waren, wenn man sie am dringendsten brauchte. Sie zerfaserten es und fanden, dass es nur das Echo irdischer Wünsche und eine religiös verbrämte Tarnung menschlicher Selbstgespräche sei. Das Gebet konnte sich nicht wehren und schwieg. Da schämten sich seiner auch jene, die noch ein wenig an ihm festgehalten hatten. Sie ließen es fahren, wie man ein Kleidungsstück oder Spielzeug aus der Kindheit, an dem man noch lange gehangen hatte, schließlich fallen lässt. Da zog sich das Gebet von den Menschen zurück.

Weil es aber keinen Auftrag bekommen hatte, zu Gott zurückzukehren, blieb es am Rande der Welt stehen. Seine den Menschen zugewandte Seite war zerschlagen und entblößt. Aber in seinem Rücken spürte es den Blick dessen, der es zu den Menschen geschickt hatte. Er gab ihm Mut, auszuharren. So stand es wie immer zwischendrin.

Es dachte lange nach. Dann fasste es einen bitteren Entschluß. Das Gebet beschloss, so zu werden, wie die Menschen ihm vorgeworfen hatten, dass es sei. Alle Einwände, die sie zusammengetragen hatten, spannte es nun zu Wänden aus, die die Welt umgaben. Es achtete streng darauf, dass keine Lücke übrig blieb, die irgendwelchen Durchgang gewährte. Nichts sollte zu Gott hin offen bleiben. Es hatte von den Menschen viel gelernt.

Als die Menschen nun allein waren, konnten sie ungehindert an ihre Arbeit gehen. Sie griffen nicht nur mit Händen und Kopf in die Dinge der Welt, sie legten auch ihre ganze Seele darein und gingen völlig in ihrem Tun auf. Da und dort fragte sich wohl am Abend einer, wozu er den ganzen Tag so tätig gewesen war. Aber die Frage kam sogleich zu ihm zurück, und er legte sie zur Seite oder versenkte sie anderntags in neue Tätigkeit. Beides aber führte zu einer Unruhe, die er sich selber nicht erklären konnte. Fragen mochte er niemanden, denn man hätte ihm doch nur geantwortet: „Arbeite!“

Ein anderer hatte tagsüber mit seinem Kameraden gestritten und sich wieder versöhnt. Aber der Streit blieb auf seiner Seele liegen. Er wollte nachts darüber nachdenken, warum die Sache nicht von ihm gewichen war. Aber die Gedanken gingen nicht von ihm weg. Sie drehten sich im Kreis und hatten kein Ende. Unruhig schlief er ein. Solches wiederholte sich tausendfach. Keiner fragte nach dem Grund. Es gab ja doch keine Antwort. Man musste sich damit abfinden. Man fand sich auch damit ab, dass immer mehr Stärkungs- und Schlafmittel genommen wurden.

Je mehr aber die Menschen auf sich selbst zurückgeworfen wurden, desto mehr nahmen ihre heimlichen Wünsche und Träume zu. Auf die Dauer konnten sie nicht nur an sich selbst denken. Sie wollten auch über sich hinaus fragen. Da waren die großen und kleinen Dinge des täglichen Lebens, der gesunde und der kranke Leib, die Sorge um die Kinder und die Frage nach dem Alter und dem Tod. Jeder hatte zwar einige Vorstellungen davon, aber war doch bereit, auch anderes anzuhören und sich auszuweiten. Aber das war nicht mehr möglich. Alle Wünsche, Hoffnungen und Ängste, die man über sich hinauswarf, kamen unverändert zurück. Nichts von ihnen war weitergedrungen, nichts war zurechtgewiesen, nichts umgeformt, nichts abgebrochen, nichts erneuert. Es gab keine überraschenden und keine beschämenden Antworten. Es gab überhaupt keine Antwort. Es kam alles als Wiederholung zurück. Eine Mauer aus totem Echo umgab sie.

Da verschlossen die Menschen ihre Hoffnungen und Ängste tief in den Herzen. Sie zeigten sie auch einander nicht mehr. Jeder war jetzt so mit sich selbst beschäftigt, dass er die andern nicht beachten konnte. Man musste natürlich feststellen, dass es sie gab. Tag für Tag arbeitete man nebeneinander. Man sah einander, aber man sah einander nicht an. Man hörte einander, aber man hörte einander nicht an. Gelegentlich blitzte ein ahnendes Erkennen über die Gesichter.

Man konnte vermuten, dass auch der andere ein ähnliches Innenleben hatte. Aber keiner verriet sein eigenes. Er musste erwarten, dass sein Bekenntnis vom andern Gesicht abprallen und zurückkehren würde. So schwieg man oder führte Selbstgespräche.

Als die Gesellschafts- und Seelenärzte diesen Mangel an Verständigung entdeckten, sannen sie auf Abhilfe. Sie erfanden ein kleines Gerät, das jeder auf sich tragen musste. Man nannte es den „Übermittler". So oft sich einer mit dem andern verständigen wollte, machte er ihn durch einen Summton auf sich aufmerksam. Wenn das Gespräch zu Ende war, schaltete man ein rotes Wort ein. Es hieß „Amen". Mit einem Zusatzgerät konnte man sogar den Namen des andern aufrufen, sofern man ihn wusste. Mit Hilfe des „Übermittlers" war wenigstens der Ablauf der Arbeit sichergestellt. Mehr erwartete niemand mehr.

Das Gebet stand noch immer als gespannte Wand um diese summende und schweigende Welt. Aber es war verändert. Seine Vorderseite war nicht mehr nackt und leer wie damals, als die Menschen es entblößt hatten. Sie war voller Einschläge. Auch wenn alles, was die Menschen an Hoffnung und Angst gegen sie geworfen hatten, abgeprallt war, hatte es doch Spuren hinterlassen. Das Gebet war ja kein Unmensch. Auch hatte der allmähliche Druck der dumpfen Verzweiflung seine Vorderseite nach hinten gebogen. Zugleich spürte das Gebet, wie es auch von hinten her zu vibrieren und zu drücken begann. Wieder stand es angefochten zwischendrin, zwischen Gott und den Menschen. Was sollte es tun?

Eines Abends saß eine Frau mit ihrem Mann am Tisch. Sie wollte mit ihm über die Kinder reden. Sie stellte den „Übermittler" ein, um ihn zur Verständigung zu wecken. Ihr Mann gab kein Zeichen. Er schaltete nur das „Amen" ein.

Da riss die Frau die beiden Geräte weg, nahm seinen Kopf in ihre Hände, schaute ihm in die Augen und rief: „Ich will mit dir persönlich reden! Verstehst du mich?"

Der Mann antwortete: „Ich höre dich reden, aber ich weiß nicht, was du meinst."

Da schrie die Frau auf: „O Gott, warum können wir einander nicht verstehen? Es muss doch zwischen dir und mir etwas da sein, das uns zusammenbringt!"

Während der Mann sie noch anschaute und anhörte, tönte es, als ob das Dach eingestürzt wäre. Sie schauten erschrocken nach oben. Ein Riss lief quer durch die Decke.

Sie nahmen sich bei der Hand und rannten zu den Kindern. Sie schliefen tief und atmeten ruhig wie im Chor. Als sie an den Tisch zurückkamen, leuchteten an beiden Geräten die roten Worte. Sie schauten einander an und verstanden plötzlich, was geschehen war.

Als das Gebet den Schrei der Frau vernommen hatte, konnte es nicht mehr an sich halten. Es musste ihn auffangen und weiterleiten. Im selben Augenblick wuchs der Druck von hinten an und presste es der Welt entgegen, so dass seine Wände aus menschlichen Einwänden zerbarsten. Und es hörte eine Stimme, die sagte: „Sie wissen nicht, wie sie beten sollen. Aber ich weiß, wie sie es meinen. Lass es mein Geheimnis sein, wie ich sie verstehe. Du aber geh und halte die Welt offen."

Das Gebet ließ sich nicht zweimal bitten und ging zu den Menschen zurück. Und so mangelhaft und fragwürdig menschliche Worte auch seither sein mögen, das Gebet überlässt es Gott, sie recht zu verstehen.

Dabei wissen wir nicht einmal, wie wir beten sollen,
damit es Gott gefällt.
Deshalb tritt der Geist Gottes für uns ein,
er bittet für uns mit einem Seufzen,
wie es sich nicht in Worte fassen lässt.
RÖMER 8,26

Als der liebe Gott Ferien machen wollte

Eines Tages beschloss der liebe Gott, Ferien zu machen. Eine Ewigkeit hatte Er keine gemacht. Nicht dass Er etwas gegen sie auf dem Herzen gehabt hätte. Er war ja ihr Erfinder. Er hatte ja damals die Ruhe erfunden und sie Seiner Schöpfung eingepflanzt. Darauf war Er jetzt noch stolz. Er hatte so die Menschen davor bewahrt, sich in lauter Tätigkeit zu verzehren. Was für die übrige Schöpfung der Winterschlaf war, sollte für die Menschen die Ferienzeit sein. Und eben jetzt redete wieder die halbe Welt von Ferien. Zwar hörte Er nirgends heraus, dass sie diese Zeit mit Ihm in Verbindung brächten. Sie wollten ja im Gegenteil für sich allein sein – aber schließlich lebten sie auch sonst täglich von Seinen Gaben und taten nicht dergleichen. So beschloss Er, auch Ferien zu machen.

Wegen Seiner Abwesenheit machte Er sich keine Sorgen. Seine Engel würden Ihn gut vertreten. Er hatte sie ja von Anfang an als freie Geschöpfe erschaffen, und sie hatten Ihn nicht enttäuscht. Er hatte ihnen die Freiheit und die nötige Fantasie geschenkt, so dass sie jederzeit in der Lage waren, frei zu entscheiden. Im Himmel gab es während Seiner Abwesenheit gewiss keine Schwierigkeiten.

Dennoch herrschte im Himmel große Bestürzung, als Er ihnen Seinen Entschluß eröffnete. Sie liebten Ihn alle und konnten sich ein Leben ohne Ihn und Seine tägliche Gegenwart gar nicht mehr vorstellen. Wovon Er denn Ferien machen wolle, fragte Ihn schließlich ein Erzengel. Dass Er von Sich Ferien machen wolle, sei ja undenkbar. Nur Menschen seien so gespaltene Wesen, dass sie sich von sich selbst befreien müssten – aber doch nicht Er. Ein stiller Engel gab zu bedenken, vielleicht wolle Er Sich von ihnen zurückziehen. Er sähe sie ja seit urdenklichen Zeiten und sei ihres Anblicks vielleicht ein wenig müde geworden. Sie würden ja gerne ihr Antlitz verändern, um Ihm wieder mehr zu gefallen.

„Davon kann doch gar nicht die Rede sein", antwortete der liebe Gott. „Einen erholsameren Anblick als euch gibt es in Meiner ganzen Welt nicht. Aber eure Frage beunruhigt Mich ein wenig. Ich habe die Ruhe nicht als Flucht erfunden, sondern als verborgene Hälfte aller Tätigkeit, so wie der Himmel die verborgene Hälfte der Schöpfung ist. Nur Menschen verwechseln Ruhe und Flucht."

„Dann mache doch Ferien von den Menschen", rief ein vorwitziger Engel dazwischen. „Sie machen uns genug zu schaffen, ich wenigstens würde jederzeit Ferien außerhalb der Erde machen." Sofort stellte sich ein Erzengel vor ihn hin und befahl ihn sogleich zu einem Sonderdienst auf den Ferienrouten der Menschen.

Nachdenklich schaute der liebe Gott dem entschwindenden Engel nach. Noch immer schwebte dessen Ruf in den Himmelsräumen: „Ferien von den Menschen!" Neu war Ihm die Sache nicht. Wie oft hatte Er solche Gedanken auf den durchsichtigen Stirnen jener Engel gelesen, die im Dienst der Erde standen. In letzter Zeit hatte Er sie mehr als vordem austauschen müssen, weil sie erschöpft zurückgekommen waren. Geklagt hatte keiner, nur sahen sie selbst beklagenswert aus. Irgendein heimlicher Kummer schien an ihnen allen zu haften. Das Menschenklima zehrte an ihnen. Aber keiner wollte es aussprechen.

Alle wussten, dass Er mit einer sonderbaren Neigung gerade an diesen letzten Geschöpfen hing. Alle früheren Geschöpfe mussten ihretwegen oft zurücktreten. Eigentlich wäre es nur gerecht, wenn Er die ältesten Freundschaften der Schöpfung erneuerte und somit Ferien von den Menschen nähme.

Und so sprach Er es aus: „Ich sehe mich in meiner gesamten Welt um und suche alte Bekannte auf." Auf die Frage des ersten Stellvertreters, wo Er denn in dringenden Notfällen zu erreichen wäre, antwortete Er nur: „Ich bin in der Ferne und bin nahe." Und schon war Er aus ihrer Mitte entschwunden und unterwegs.

In den weiten Räumen des Weltalls fühlte Er sich unendlich wohl. Seine Arme spürten wieder den großen Schwung, mit dem Er am Anfang das All ausgemessen hatte. Da ist noch Platz für Ewigkeiten, und da sind noch ganze Menschheiten anzusiedeln, überlegte Er Sich großzügig. Menschheiten? Habe Ich Menschen gesagt? sagte Er vor sich hin, und Sein Wort hallte durch die Unermesslichkeit. Eben hatte Er Sich von ihnen getrennt, und schon drängten sie sich wieder in Seinen Sinn. Er konnte sie einfach nicht vergessen. Wie machten das eigentlich die Menschen, dass sie Ihn so leicht vergessen konnten? Sie hatten eben unbewusste Tiefen der Seele, in die alles versank, was sie nicht annehmen wollten, und sie hatten die Zeit, in der alles verflachte. Ihm aber war alles bewusst und alles gegenwärtig. Er konnte es nur ganz haben oder vernichten.

Er aber hatte sie so erschaffen, mit der unbewussten Seele und der Zeit. Wie nun – wenn Er hier draußen eine ganz andere Menschheit erschaffen würde, eine ganz andere Sorte? Eine, an der Seine Engel nur Freude erleben würden? Mitarbeiter der Schöpfung, Mithelfer, nicht Eroberer der Welt? Was für ein Aufatmen in all diesen Räumen! Aber würde dies etwas an den Menschen der Erde verändern? Würden sie sich zum Wettbewerb der Güte aufschwingen können oder einfach in ein vormenschliches Stadium absinken?

Wie Er auch dahinfuhr und dachte, so vieles auch an Seinem Auge vorbeizog und Ihn grüßte – immer wieder wurden Menschen daraus. Kann Ich denn nur noch in Menschen denken? sagte Er vor sich hin, flüsternd, damit Er da draußen am Rand keines der übrigen Geschöpfe betrübte.

Die Sterne jubelten, als sie Ihn erkannten, und flogen Ihm mit Lichtgeschwindigkeit entgegen. Einige Millionen hätten vor Freude am liebsten einen Purzelbaum geschlagen, wenn sie damit nicht das unendliche Gleichgewicht des Alls gestört hätten. Einige Tausend glühten vor Glück so hell auf, dass sie darüber verbrannten. Weil sie sich für

Ihn verbrannten, schenkte ihnen Gott, dass ihr Licht noch durch die Nacht leuchtet, auch wenn sie nicht mehr sind.

Ihr Umkreis war für Ihn reines Glück. Nebst den Engeln waren die Sterne Seine treuesten Diener und die ältesten Geschöpfe. Sie bewahrten das All vor dem Chaos. Sie waren Sein erstes Werk und unverbraucht wie der Gedanke der Schöpfung selbst. Da bewegten sie sich äußerst am Rand, von niemandem entdeckt und gekannt als von Ihm, als ob Er Sein erstes Geheimnis niemandem preisgeben wollte. Unentdeckte, selbstlose Geschöpfe, dem göttlichen Leuchten und den mathematischen Gesetzen gehorsam. Hier fielen der älteste und der jüngste Tag zusammen und die Zeit stand still. Hier außerhalb der Zeit Ferien machen zu können, war ungetrübtes, reines, mathematisches Glück.

Nur mit Mühe riss Sich der liebe Gott von ihnen los. Irgendetwas drängte Ihn auf die andere Seite Seiner Welt. So glücklich Er hier war und Gott sein konnte – „lieb" konnte Er doch nur dort sein, wo auch das andere war, das getrübte und unreine Dasein seiner späteren Geschöpfe. Auf den Flügeln Seiner Gedanken näherte Er Sich der Erde. Beinahe wäre Er in Atemnot geraten – hatte Er es so eilig oder lag es an der Ausdünstung des Planeten? Er musste Sich wieder mehr Zeit nehmen, um Sich der Kurzatmigkeit dieser Erde besser anzupassen. Hier war ja alles knapp und hastig. Sogar Seine Engel sah Er unentwegt an der Arbeit. Sie hatten alle Hände voll zu tun – richtig, hier hatte ja die Hälfte der Menschheit Ferien. Die Engel arbeiteten Tag und Nacht. Er hatte Erbarmen mit ihnen und wollte ihnen ein wenig helfen.

Niemand bemerkte Sein Kommen. Nur die Bäume und Blumen blühten plötzlich auf und versetzten Ihn in Staunen. Er vermutete schon, dass die Engel Ihm heimlich einen königlichen Empfang hatten bereiten wollen. Aber die Blumen widersprachen Ihm: „Das muss uns doch niemand sagen, dass Du da bist. Jede Ahnung Deiner Gegenwart lässt uns aufblühen. Sonst folgen wir nur dem Gesetz von Werden und Vergehen."

Am nächsten Tag rätselten die Menschen über die seltsame Naturerscheinung. Sie gaben sich schließlich damit zufrieden, dass eine unerklärliche Himmelsströmung die Vegetation vorübergehend verändert habe.

Aber da war der liebe Gott schon weiter, nämlich mitten unter ihnen. Es machte Ihm Freude, sie über schöne Dinge rätseln zu lassen und sie auf diese Weise auf Seine Spuren zu locken. Und so fing Er an und verteilte überall hinein etwas von Seiner Freude, in den Morgen und in den Abend, in die Berge und in das Meer, unter Freunde und Einsame. Leute winkten einander zu, die sich nicht kannten, Schweigsame begannen zu reden, und Gesellige hörten zu. Auch die Leute, die zu Hause geblieben waren, wurden etwas gelöster und freundlicher miteinander.

Wo Er nur konnte, legte Er ihnen kleine Freuden in den Weg – wie ein Vater am Ostermorgen den Kindern allerlei bereitlegt, damit sie es selber finden können. Er tat es einfach aus Freude, so, weil Er selber Freude an den Ferien und an den Menschen hatte.

Aber so viel Er auch hinlegte, es waren immer nur wenige, die es sahen und sich mitfreuten. Das Staunen verging rasch, und man gewöhnte sich daran, wie eben an vieles, das man in den Ferien anders erlebt. Und kaum fiel jemandem ein, dass Er an solchen Dingen beteiligt sein könnte. Zwar fehlte es nicht an der Zeit, über allerlei nachzudenken. Aber es sah so aus, als ob sie mit ihren Ferien auch jeden Gedanken an Ihn ausgeschaltet hätten.

Ihnen gelang es viel besser, Ihn zu vergessen, als es Ihm je gelang, sie zu vergessen. Wie machten sie es nur, gottlos zu sein? Er konnte und konnte nicht menschenlos sein. Wie konnte Er sie nur auf Seine Spur bringen?

Vielleicht kamen sie eher zur Besinnung, wenn Er ihre Freude entleerte und sie in ihrem Lebensdurst ungesättigt ließ? Er versteckte Sich in ihren Dingen und drückte mit der linken Hand da und dort Löcher ein. Die Arbeit und das Vergnügen wurden durchlässig und bodenlos. Sie hielten nicht mehr, was sie versprachen. Zwar erwachte damit das Bewusstsein der Leere, aber viel reger und heftiger wurde der Versuch, die Leere immer mehr auszufüllen. Keiner fragte, was die Dinge so unersättlich gemacht hatte.

Er aber versenkte Sich immer tiefer und zehrte am Mark des Lebens. Immer noch hoffte Er, dass sie im Absturz auf Ihn fallen und Ihn endlich entdecken müssten. Aber nun geschah es wie in einem tiefen Trichter. Oben stürzten die Ränder immer breiter ein. Immer neue Lebensgebiete kamen ins Wanken. Auch Liebe und Vertrauen bröckelten ab und sanken ein. Doch nur wenige erschraken. Die meisten gewöhnten sich an den neuen Zustand und fanden sich mit der Sinnlosigkeit aller Dinge ab.

Da sah Gott, dass Er in Seiner Liebe zu den Menschen

ohnmächtig war. Was blieb Ihm noch, als auf ihren Tod zu warten und alles irdische Leben zu einem trügerischen Schein für ein Leben nachher verdorren zu lassen? Aber wozu denn diese Mühe mit dem wirklichen Menschen, wenn alles nur ein unwirkliches Vorspiel sein sollte? Sollte Er sie einfach tot erklären – so wie sie Ihn tot erklärten und dabei gediehen?

Während Er noch darüber nachdachte, hörte Er von irgendwoher einige Stimmen. Sie schrien: „Gott, Gott, wo bist du?"

Der Ruf traf Ihn bis ins Innerste. Wenn nur einige waren, die nach Ihm schrien – ja wenn nur ein Einziger da wäre, der für sich und für andere so nach Ihm schrie, dann durfte Er sie nicht allein lassen. Er musste antworten – ob aus der Höhe oder aus der Tiefe. – Er musste antworten und den Menschen zur Seite stehen. Mit einem raschen Griff verschloss Er die Löcher des Abgrunds und eilte zu den Menschen, die nach Ihm schrien. Ganz nah trat Er zu ihnen hin und schaute ihnen in die Augen. Da sah Er, dass ihre Augen Ihn widerspiegelten und Er in ihnen war.

Damit Sein Widerschein Ihm nicht mehr verloren gehen könnte, brannte Er Sich ihnen ins Herz. Dann ging Er auf die Straße. Wo Er hinkam, schaute Er allen in die Augen, und alle, die Gleichgültigen und Blinden wie die Fragenden und Suchenden, warfen Ihm Sein eigenes Bild zurück.

„Sie sind doch ein Teil von Mir", flüsterte Er erschüttert. „Ich kann Meine Spur in ihnen doch nicht auslöschen." Damit brach Gott Seine Ferien ab.

Zitternd warteten die Engel auf Seine Rückkehr. Sie hatten um Ihn gebangt, als sie Ihn in der menschlichen Tiefe einsinken sahen. Sie waren voller Zorn über die Menschen, die Ihn beinahe zur Verzweiflung getrieben hätten. Sie standen bereit, für Seine Ehre einzugreifen und auf Erden Ordnung zu schaffen.

Er aber umfasste sie zum Gruß und dankte ihnen für ihren Dienst. Dann sprach Er: „Nun wollen wir weiter an die Arbeit gehen. Wir haben noch viel zu tun, bis alle verschütteten Spuren freigelegt sind."

„Aber soll es denn mit den Menschen in alle Ewigkeit weitergehen?", fragten die Engel erschrocken.

Er antwortete: „In alle Ewigkeit – ja."

„Wenn ich doch eine Herberge wüsste,
irgendwo in der Wüste,
wo Karawanen die Nacht verbringen,
dann würde ich mein Volk verlassen
und mich dorthin zurückziehen."
Jeremia 9,1

Komm nicht mehr nach Bethlehem!

Bei Betanien kamen Jesus und seine Jünger an eine Stelle, wo sich der Weg teilte. Ein Wegweiser stand dort. Er zeigte in der einen Richtung nach Jerusalem, in der andern nach Bethlehem. Da stand Jesus still und betrachtete lange den Namen Bethlehem.

Dann nahm er Judas und Petrus zu sich und sagte zu den übrigen Jüngern: „Wartet hier, bis wir zurückkommen. Ich muss nach Bethlehem gehen." Sie grüßten und gingen.

Nach wenigen Stunden erreichten sie Bethlehem. Am Rand des Dorfes stießen sie auf einige große Steine, die einmal zu einem Haus gehört haben mussten. Nach ein paar weiteren Schritten standen sie vor den Trümmern eines Hauses, das vor langer Zeit zerstört oder abgebrochen worden war. Über und zwischen den Trümmern wuchs Gras, und Schafe weideten darin. In der Nähe des kleinen Trümmerfeldes saß ein alter Hirte. Sie gingen zu ihm und grüßten ihn. Er grüßte nur kurz zurück.

„Ist hier ein Unglück geschehen?", fragte Petrus und wies auf die Trümmer.

Der Alte nickte nur mit dem Kopf und schaute die Männer misstrauisch an.

„Ist dabei jemand umgekommen?", fragte Petrus weiter.

Der andere antwortete: „Zu viele“, und schaute weg.

Da merkten die Männer, dass er nicht mehr sagen wollte, und sie gingen weiter.

Mit einigen Schritten waren sie im Dorf. Leute saßen oder standen vor den Hütten und besorgten ihre täglichen Arbeiten. Die Männer wurden freundlich begrüßt und umringt.

„Wollt ihr weiterreisen oder zu einem von uns kommen?“, wurden sie gefragt.

Petrus und Judas schauten Jesus an. „Wir kommen zu euch“, antwortete er.

„Wen sucht ihr denn?“, wollten die Leute wissen.

„Ich suche die Familie aus dem Stamme Davids“, sagte Jesus.

Da wichen die Leute scheu zurück und schauten ihn erschrocken an.

„Die Davidsleute?“, fragten sie und legten die Hand an den Mund.

„Warum erschreckt ihr?“, fragte Jesus. „Kennt ihr sie nicht?“

Die Leute schwiegen lange. Dann trat ein Mann vor ihn hin. Von seiner rechten Schulter baumelte ein Arm.

Er sagte: „Es gibt hier niemanden, der so heißt.“

„Ich verstehe dich nicht“, erwiderte Jesus, „keine Davidsleute hier in Bethlehem? Sind sie denn alle gestorben?“

„Nenne diesen Namen nicht mehr!“, rief der Mann erregt. „Er hat Unglück über unser Dorf gebracht. Wir haben alle verjagt, die ihn trugen. Dort stand ihr Haus.

Wir selber haben es zerstört." Und er zeigte mit dem gesunden Arm auf die Trümmer am Rande des Dorfes. „Aber warum willst du das wissen? Das ist eine längst vergangene Geschichte!"

„Wann ist es denn geschehen?", fragte Jesus.

„Vor einem Menschenalter", antwortete der Mann, „wir haben die Sache längst begraben. Und jetzt kommst du und gräbst alles aus. Was suchst du hier? Bist du etwa einer von ihnen und bist gekommen, um uns zu quälen?"

Drohend drängten sich die Leute um die drei Männer, so dass Petrus und Judas schon die Hände zur Abwehr erhoben.

„Ich bin hierher gekommen, weil ich hier geboren worden bin", sagte Jesus. „Aber ich sehe, ihr leidet an etwas, doch ich weiß nicht, woran."

„Du bist hier zur Welt gekommen?", fragten die Leute aufgeregt. „Hier ist nur einer zur Welt gekommen, der nachher nicht mit uns lebte. Wir kennen ihn nicht. Aber er war schuld an unserem Unglück. – Wer bist denn du?"

„Ich bin der Sohn der Maria. Meine Mutter hat mir erzählt, dass sie mich in Bethlehem geboren hat."

„Er ist es!", riefen die Leute und wichen wieder erschrocken zurück. Einige aber rotteten sich zusammen und flüsterten aufgeregt miteinander.

Da rief Petrus: „Was habt ihr gegen ihn? Wisst ihr denn nicht, wer er ist? Er ist der Prophet aus Galiläa."

Der Mann mit dem gelähmten Arm antwortete: „Du willst ein Prophet sein und weißt nicht, was hier geschehen ist ? Ich will es dir sagen. Höre gut zu!

Als der Knabe aus jener Unheilsfamilie geboren wurde, hielten wir ihn für den Erlöser. Wir meinten den Himmel offen zu sehen und die Engel singen zu hören. Wir waren glücklich über seine Geburt und stolz auf unser Dorf. Wir erzählten es jedem, den wir trafen, und so ging die Nachricht von Dorf zu Dorf. Immer mehr Leute kamen, um ihn zu sehen. Wir blühten mit ihm zusammen auf.

Eines Morgens waren seine Eltern mit ihm verschwunden. Ihre Verwandten sagten, ein Engel sei ihnen erschienen und habe sie an einen stillen Ort geführt. Wir glaubten es ihnen und warteten, bis er in seiner Herrlichkeit zurückkäme. Aber statt seiner kamen die Soldaten des Herodes. Sie verlangten den neugeborenen Erlöser zu sehen. Als sie ihn nicht fanden, drangen sie in jedes Haus und töteten alle Knaben, die zweijährig und darunter waren. Auch mein einziger Sohn war dabei. Wir haben nach ihm geschrien, aber er kam nicht. Frage die Frauen hier. Sie werden dir sagen, was sie gelitten haben. Uns hat kein Engel weggeführt. Kein Engel hat die Soldaten gelähmt und unsere Kinder geschützt. Ich habe mich den Soldaten entgegengeworfen. Siehe da, meinen zerschlagenen Arm!

Als wir wieder zu uns kamen, sahen wir unsere toten Kinder. Seine Altersgenossen. Da wussten wir, dass er nicht der Erlöser war. Wir brannten vor Zorn. Aber wem sollten wir zürnen? Herodes? Oder ihm? Oder unserer falschen Hoffnung? Herodes war blutrünstig. Von ihm war nichts anderes zu erwarten. Wir haben immer nur auf seinen Tod gehofft. Hätte er wie so oft aus einer bösen Laune eine Schar Soldaten über das Dorf gehetzt – wir hätten ihm geflucht. Aber wir hätten es keinem anderen zugeschrieben.

Sollten wir dem geflüchteten Kind zürnen? Es war doch noch zu klein, um etwas zu verstehen. Uns blieben nur seine Verwandten, die ihn beherbergt und mit ihren Worten unsere Hoffnung auf neue Zeiten genährt hatten. An ihnen konnten wir uns rächen. Darum haben wir sie aus unserer Mitte verjagt und ihre Hütte zerstört. Erst später merkten wir, dass auch sie nicht schuld daran waren. Wir selber waren die Schuldigen. Wir hatten an dieses Kind geglaubt und jedermann von unserem Glauben erzählt. Wir hatten Großes von ihm erwartet und ihn zu unserer Hoffnung gemacht. Das war unser Verhängnis.

Natürlich haben wir schon früher auf etwas gehofft. Wer tut das nicht? Wir haben gewusst, dass einmal aus Bethlehem Großes kommen sollte. Aber dieser Tag war weit weg und beunruhigte uns nicht. Im Gegenteil! Er gab unseren kleinen Tagen ein stilles Wissen und dem Ablauf der Zeiten einen ruhigen Gang.

Da brach dieses Kind in unsere Welt ein. Wir schenkten ihm all unser Vertrauen und unsere Erwartungen. Wir gaben ihm alles. Wir behielten nichts mehr für uns zurück. Jetzt sind wir leer. Wir glauben und hoffen nichts mehr. Wir haben uns an seinen Verwandten gerächt, weil wir über unseren Glauben zornig waren.

Verstehst du nun, warum wir ihren Namen nicht mehr nennen und auch deinen Namen nicht hören wollen? Vielleicht bist du wirklich das Kind von damals. Aber sag uns nicht, dass du der Erlöser seist. Für uns ist der Erlöser an jenem Tag gestorben, als er die Truppen des Herodes in unsern Häusern wüten ließ. Schau diese kinderlosen Mütter und diese bruderlosen Männer und Frauen an. Und dann geh. Geh, und komm nie mehr nach Bethlehem!"

So sprach der Mann. Jesus hörte ihn an und schaute schweigend in sein verbittertes Gesicht und in die hoffnungslosen Gesichter aller andern, die hinter ihm standen. Wie eine Mauer starrte ihn das Elend seiner eigenen Rettung aus ihren Augen an.

Dann sprach er: „Vergebt mir, dass ich euch wehgetan habe. Es tut mir Leid um eure Kinder und Brüder. Ich kann sie euch nicht zurückgeben. Wollt ihr mich an ihrer statt annehmen? Ich will bei euch sein. Ich will euch Sohn und Bruder sein. Ich will euch dienen und euer Geschick mittragen. Da bin ich." Er streckte seine Hände aus und umfasste die beiden Arme des Mannes.

Der aber stieß ihn zurück und rief: „Gib uns lieber die Verlorenen zurück! Wenn du der Erlöser sein willst, so wecke sie auf und bringe sie uns zurück. Stelle sie auf diesen Platz, und wir wollen dich als unseren Bruder annehmen! ... Sieh, du kannst es nicht. Du kannst uns die Verlorenen nicht zurückgeben. So wollen wir auch mit dir nichts zu schaffen haben. Geh von uns! Reize unsere Verzweiflung nicht! Wenn du nicht gehst, werden wir dich steinigen."

Alle fingen an zu schreien. Einige bückten sich. Petrus und Judas ballten die Hände und wollten sich der Menge entgegenwerfen. Jesus gab ihnen ein Zeichen und wandte sich um. Hinter ihm schrien die Leute und warfen besinnungslos ihre Fäuste in die Höhe. Auch der Mann, der gesprochen hatte, hob drohend seine Arme und wusste nicht, was er tat.

Als die drei an den Trümmern des zerstörten Hauses vorbeikamen, sagte Petrus: „Stein gegen Stein und Haus gegen Haus. Willst du nicht befehlen, dass ein Sturm das ganze Dorf heimsuche und zerstöre?“

Er aber antwortete: „Das Dorf hat mich wie eine Mutter geboren und genährt. Und ich habe ihm nur die Wehen hinterlassen. Es hat meinetwegen genug gelitten. Jetzt ist die Reihe an mir.“

Auf dem Rückweg sagte Judas plötzlich: „Du kannst das, was geschehen ist, nur auf eine Weise wieder gutmachen.“

„Was meinst du?“, fragte Jesus.

Judas antwortete: „Du musst die Umgekommenen im Namen ganz Israels rächen.“

„Aber Herodes ist doch tot“, erwiderte Petrus, „an wem soll er die Rache vollziehen?“

Judas antwortete: „An denen, die uns heute bedrücken und schuld daran sind, dass in unserem Volk noch immer Söhne und Brüder umkommen. Ich habe einen Plan. In diesen Tagen strömt ganz Israel zum Passa nach Jerusalem. Dort treffen wir unsere Volksfeinde am besten. Viele denken wie ich. Jetzt sind Stunde und Ort günstig, um uns für alles alte und neue Elend zu rächen. Du musst in Jerusalem dein Leben einsetzen, um ganz Israel zu erlösen!“

Judas und Petrus schauten ihn gespannt an. Er antwortete: „Du sagst es. Die Stunde ist gekommen. Ich werde in Jerusalem mein Leben einsetzen, um Israel zu erlösen.

Aber wirst du mich auch verstehen? Ich darf keine andern Menschenleben mehr preisgeben. Immer werden im Namen der Gerechtigkeit und der Zukunft fremde Menschen geopfert. Das darf nicht mehr geschehen. Dafür muss ich mein Leben einsetzen. Verstehst du mich?"

Sie kamen nach Betanien zurück und fanden die übrigen Jünger. Sie saßen unter den beiden Wegtafeln, die wie zwei ausgespannte Arme nach Bethlehem und nach Jerusalem zeigten. Sie sprangen auf, als Jesus mit Petrus und Judas kam. Erwartungsvoll schauten sie ihn an.

„Er geht endlich nach Jerusalem", flüsterte Judas den Jüngern zu.

Jesus schaute sie an und sprach: „Wir waren in Bethlehem, wo ich geboren wurde. Jetzt weiß ich, wozu ich zur Welt gekommen bin. Lasst uns nach Jerusalem hinaufgehen."

Auf dem Weg nach Jerusalem ging Jesus seinen Jüngern voran. Voller Angst und Sorge folgten sie ihm. Unterwegs nahm Jesus seine zwölf Jünger beiseite und sprach noch einmal darüber, was ihn erwartete.

Markus 10,32

Die Legende von der Verzweiflung

Als Jesus in der Krippe lag, drängte sich unter den vielen Menschen, die ihn sehen wollten, auch eine düstere Gestalt hinzu. Alle, die sie sahen, wichen erschrocken zurück und bedeckten ihre Augen. Sie kannten sie aus ihren schmerzlichsten Stunden und hatten ihretwegen schon viel gelitten. Es war die Verzweiflung. Niemand hatte erwartet, dass gerade sie an den Anfang dieses hoffnungsvollen Lebens treten würde. Doch keiner wagte sie zurückzuweisen. Niemand wollte an ihren schwarzen Mantel rühren. So schritt sie ungehindert zur Krippe und beugte sich über sie.

Entsetzt hielt Maria abwehrend die Hände über das Kind. Aber die Verzweiflung schaute nur stumm auf das Kind und sprach dann: „Wir werden uns wiedersehen." Dann wandte sie sich um und ging.

Sogleich drängten alle zur Krippe, damit sie mit ihren Gesichtern den Eindruck dieses anderen Gesichtes verscheuchen könnten. Es war aber, als ob das Kind durch sie alle hindurch auf etwas anderes schauen würde.

Dreißig Jahre später wanderte Jesus durch das Land. Wo er hinkam, sah er kranke, abgekämpfte, schuldbeladene und mutlose Menschen. Er fühlte Erbarmen mit ihnen und fing an, ihnen zu helfen. Er heilte Kranke, er stärkte die Müden, er vergab den Schuldbeladenen und ermunterte die Hoffnungslosen. Es war, wie wenn eine neue Luft sie umweht hätte. Und alle begannen wieder aufzuatmen.

Als er eines Tages wieder von einer großen Volksmenge umgeben war, schob sich eine düstere Gestalt dazwischen. Sie trug einen durchlöcherten Mantel und drängte mit spitzen Händen die Menschen zur Seite, bis sie vor ihm stand. Da erkannten die Menschen sie. Einige wollten fliehen, einige wollten Jesus wegziehen. Er aber blieb stehen und schaute sie ruhig an.

Sie sprach: „Warum greifst du in mein Reich ein und störst meine Herrschaft?"

Er aber antwortete: „Es ist dir keine Herrschaft über die Menschen gegeben. Sie gehören Gott und seiner Liebe."

Da lachte die Verzweiflung und sprach: „Du hast meinen Mantel durchlöchert, du hast ihn aber nicht zerrissen. Dir aber werde ich alles entreißen. Wir werden uns bald wiedersehen." Dann wandte sie sich um und ging.

Sogleich drängten sich alle zu ihm und berührten ihn von allen Seiten. Er aber sah in ihre Gesichter und erkannte, dass er den Menschen gegen die Verzweiflung beistehen musste, solange er lebte. So trug er Tag und Nacht ihr Bild in sich.

Und es kam die Nacht, in der er verraten wurde.

Aus der Schar derer, die auf ihn zukamen, löste sich eine Gestalt, trat auf ihn zu, sagte mit erstickter Stimme „Rabbi!" und küsste ihn. Als Jesus von den Lippen Judas' berührt wurde, spürte er, dass von ihnen etwas auf ihn übergegangen und an seinen Lippen haften geblieben war. Judas hatte ihn mit seiner Verzweiflung angesteckt. Kein Mensch konnte ihn mehr davon befreien. Da verließen ihn alle und flohen. Nur die Verzweiflung ging mit ihm.

Als er in seiner bittersten Stunde allein war, wollte er zu Gott schreien. Aber nichts kam von seinen Lippen, als was darauf lag, der verzweifelte Ruf: „Mein Gott, mein Gott, warum hast du mich verlassen!" Und er starb.

Da lachte die Verzweiflung laut auf. Sie hatte gewonnen. Sie erhob sich triumphierend bis zur Sonne und verdunkelte sie und ließ sich tief unter die Erde fallen bis ins Totenreich. So trat sie ihre Herrschaft über alle an.

Aber als sie zuunterst im Tod und im Nichts angekommen war, hörte sie aus der Tiefe einen Schrei: „Mein Gott, mein Gott, warum hast du mich verlassen!" Am untersten Rand der Verzweiflung lag der Gekreuzigte und füllte mit seinem Schrei nach Gott die tiefste Gottverlassenheit aus.

Seither hat die Verzweiflung keinen letzten Ort mehr. Sie irrt in der Welt umher und vermag wohl überall und immer wieder Menschen zu schlagen und niederzuwerfen. Aber sie vermag keinesfalls mehr, Gott von den Menschen zu trennen.

Schwierigkeiten bedrängen uns von allen Seiten,
und doch werden wir nicht von ihnen überwältigt.
Wir sind oft ratlos, aber nie verzweifelt.
2. Korinther 4,8

Als der Tod sich von Gott lossagte

Nachdem der Tod durch alle Zeiten hindurch im Dienste Gottes gestanden hatte, beschloss er eines Tages, frei zu werden. Er fühlte sich stark genug, sein Werk allein zu vollbringen.

Lange genug hatte er erlebt, dass die Menschen vor ihm zitterten. Ihre Angst verlieh ihm das Gefühl unendlicher Macht. Sie würde ihn befähigen, sich gleichwertig an die Seite Gottes zu stellen oder gar den Kampf gegen ihn aufzunehmen. Es hatte ihn schon lange erniedrigt, nur als Diener zu amten, statt selber Herr zu sein. Sooft Menschen in Bedrängnis Gott gegen ihn angerufen hatten, war ihm seine Abhängigkeit schmerzlich bewusst geworden.

Immer konnte er nur zuletzt kommen. Dabei war er doch von allem Anfang der Menschen an dabei gewesen. Er war auch schon immer heimlich dabei, wenn ein Leben zu atmen anfing. Alles war von Geburt an auf ihn angelegt. Aber immer durfte er nur zuletzt kommen und war ans Ende gesetzt. Jetzt endlich könnte er selber ins Leben eingreifen, wo und wann es ihm gefallen würde. Er würde nicht mehr nur beenden, sondern selber Geschichte machen können. Er, er war der wirkliche Herr und nicht jener.

Auch hierin hatte er von den Menschen nichts zu befürchten. Längst hatten die meisten von ihnen behauptet, dass er überhaupt nicht von Gott käme, sondern blindes Schicksal wäre, ein natürliches Ereignis, dem Vieh und Menschen gleichermaßen ausgeliefert wären. Oh, er kannte die Menschen. Sie würden ihn bei seiner Auflehnung gegen Gott verständnisvoll unterstützen. So gestärkt von der Angst und vom Trotz der Menschen, sagte sich der Tod von Gott los und ging seinen eigenen Weg.

Es dauerte eine geraume Zeit, bis es die Menschen merkten. Aber der Tod hatte Zeit. Er konnte warten. Zuletzt würden ja doch alle ihm gehören. Nachsichtig gewährte er ihnen, sich an seine Selbstständigkeit allmählich zu gewöhnen.

Um keinen zu erschrecken, griff er nur da und dort ein, dort, wo er sehnlich herbeigewünscht wurde und jedermann mit ihm einverstanden war. Überall wurde seine Wohltätigkeit und Freundlichkeit verkündet. Man fing an, sich mit ihm anzufreunden. Kaum einer war noch, der wegen des Sterbens Gott anrief. Man starb einfach. Ganz still begann sein Triumph.

Doch nicht lange währte die Ruhe. Als die Menschen einmal entdeckt hatten, dass der Tod sein eigener Herr war, begannen sie um ihn zu werben.

Zuerst kamen die Generäle. Sie verneigten sich vor ihm und sprachen: „Du bist der Größte von uns allen. Wir beugen uns deiner Herrschaft. Dir ist alles möglich. Wir stellen dir alle unsere Soldaten zur Verfügung. Wir bitten dich, unseren Dienst anzunehmen und mit uns zusammen gegen unsere Feinde zu marschieren. Mit deiner Hilfe werden wir unbesiegbar sein."

Kaum hatte der Tod Gelegenheit, über das Angebot der Generäle nachzudenken, schrie es schon von einer anderen Seite: „Nein, komm zu uns. Wir bieten dir alle Intelligenz unseres Kontinentes an, wenn du dafür sorgst, dass die lebensuntüchtigen Völker und Rassen nicht größer werden und wieder wie früher natürlich sterben."

Und wieder schrie es von Neuem: „Wir rufen dich, schwarzer Tod. Du trägst unsere Farbe und gehörst zu uns. Alle Schätze unseres Bodens und unserer Zukunft sollen dein sein, wenn du uns gegen unsere Bedrücker stark machst."

Und weiter schrie und drängte es von allen Seiten. Völker und Menschengruppen, Ehepaare und Einzelne, Habgierige und Ungeduldige, Alte und Junge warfen sich vor ihm nieder und flehten um seine Hilfe gegen die andern. Triumphierend schaute der Tod auf sie nieder und genoss den Augenblick seiner Weltherrschaft.

Doch jäh erkannte er, dass ihn alle nur in ihren Dienst pressen wollten. Sie wollten ihn als Werkzeug und sich seiner bedienen, schlimmer, als jener es seit Zeiten getan hatte. War das nun seine Freiheit, jedermanns begehrter Untertan zu sein? Dazu war er Ihm doch nicht davongelaufen, um seine Freiheit an Menschen zu verkaufen. Mit einem grimmigen Lachen fegte er die Bittsteller weg und raste nun wild durch die Welt. Heulen und Zittern gingen vor ihm her, Tränen und Flüche folgten ihm. Das waren die Zeichen seiner Macht. Er ruhte nicht, bis alle entsetzt vor ihm zu Boden lagen.

Nein, nicht alle. Als er eines Tages, schon etwas müder geworden, an ein Krankenlager trat, hörte er, dass jemand zu Gott redete und sprach: „Herr, wenn du willst, dass ich lebe, kannst du mich gesund machen. Wenn du willst, dass ich sterbe, geschehe dein Wille."

Laut lachte der Tod ins Gebet und rief: „Ich töte dich, und ich lasse dich am Leben, wie es mir gefällt. Lass den Andern aus dem Spiel, er hat dabei gar nichts zu sagen!"

Unerschrocken widersprach ihm der Mensch: „Nein, Tod, du tötest mich nicht. Mich ruft Gott. Du bist nur sein Diener."

„Ich werde dir zeigen, wer dich tötet", rief der Tod, schlug zu und verschwand.

Lange Zeit vernahm man nichts mehr von ihm. Es war, als ob er sich müde getobt hätte. Die Menschen atmeten auf und lebten weiter. Bald war das große Sterben nur noch wie eine böse Erinnerung. Sie lebten weiter.

Indessen saß der Tod am Rand des Lebens auf den Trümmern seiner Herrschaft. Er dachte nach. Er sann darüber nach, wie er gleichzeitig frei und mächtig sein könnte, frei von Gott und von den Menschen und mächtig gegen beide. Er sann und sann. Dann rieb er sich jauchzend die Hände. Das war die Lösung! Sie kam allen heimlichen Wünschen der Menschen entgegen und warf sie doch nieder. Er beschloss, seine Macht auszuüben, indem er sie nicht mehr ausübte. Der Tod trat in den Streik.

Die Menschen lebten weiter. Sie genossen das Leben in vollen Zügen. Niemand merkte, dass etwas anders geworden war. In den Städten hatte man es ja schon früher kaum zur Kenntnis genommen, wenn jemand gestorben war. Dafür waren Ärzte, Schwestern und Bestattungsbeamte da. Das Sterben hatte sich längst abseits des Lebens ereignet. Nun ereignete es sich überhaupt nicht mehr.

Das wurde zuerst denen bewusst, die vorher am Sterben verdient hatten. Die Bestattungsbeamten wurden arbeitslos. Die Blumenhändler verkauften keine Kränze, die Schreiner keine Särge mehr. Die Druckereien druckten keine Todesanzeigen, die Zeitungen keine Nachrufe mehr. Schon ging die Zahl der Abonnenten spürbar zurück. Die Notare setzten keine Testamente mehr auf. Das Geld blieb liegen, wo es war. Niemand konnte mehr erben.

Einige versuchten sich umzustellen und sich den Lebenden zuzuwenden. Sie traten dafür ein, dass die Lebenden einander aus Freude Blumen schenken sollten. Die Verfasser von Nekrologen sollten sich endlich den laufenden Lebensläufen von stillen Mitbürgern widmen. Die Verlage sollten Bücher zur Lebenshilfe drucken. Aber alle Versuche, sich den Lebenden zuzuwenden, scheiterten nach kurzer Zeit. Warum sollte man einander jetzt Freude machen, wenn man einander unendlich lange haben würde und haben müsste?

So dachten bald auch jene, die sich liebten. Sie begannen ihre Liebe zu sparen, damit sie länger dauern würde. Von den Liebenden ging es bald auch auf alle anderen über. Man brauchte keine Zeit mehr füreinander zu haben, da unbegrenzt viel Zeit zur Verfügung stand. Irgendwann in einer fernen Zukunft würde man doch wieder einen Zeitpunkt finden, in dem man alles Versäumte nachholen könnte. So starb die Liebe. Und die Menschen lebten weiter. Bald darauf begannen auch Ehe und Zeugung zu welken. Warum sollte man das Leben weiter pflanzen, wenn man selber am Leben blieb und niemand abgebrochenes Leben aufnehmen und durch die Kinder weiterführen musste?

Am Rand des Lebens saß der Tod und wartete. Er schaute zu, wie immer größere Lebensbereiche nichtig und tödlich wurden und alle Verbindungen zerfielen.

Aber es waren nicht einmal die Zeichen des Seelentodes, die die Menschen erschütterten. Sie erwachten erst, als das Leben selbst das Leben bedrängte und auffraß. Von allen Seiten kroch die Unaufhörlichkeit des Lebens auf die Menschen zu. Die Spitäler dehnten sich riesig aus und wurden zu Städten. Immer mehr Leute mussten zu Ärzten und Pflegern gezwungen und ausgebildet werden. Die übrigen arbeiteten, um Versicherungen und Renten zu speisen und Geld für die Wartenden aufzubringen.

Gleichgültigkeit, Müdigkeit, Sinnlosigkeit und Hass verbreiteten sich endlos über die Welt. Ein eiserner Ring unendlichen Lebens umschloss sie alle. Und nirgends war ein Ausbruch möglich. Alle Wege waren offen, weil kein Tod da war, aber alle Wege waren ausweglos.

Da schrien die Menschen nach dem Tod, dass er käme und sie erlöste. Er hörte sie und lachte. Das war die große Stunde seines Triumphes. Jetzt wussten sie endlich, wer Herr über Leben und Sterben war.

In der Nacht machte er sich auf, um für alle sichtbar seine Herrschaft anzutreten.

Wie er dahinschritt, trat ihm einer in den Weg und packte ihn: „Tod, es ist genug! Du hast zu viel Elend in die Welt getragen. Diese Menschen gehören mir!"

Der Tod lachte: „Wie sollten sie dir gehören? Es hat keiner nach dir gerufen. Mich haben sie gerufen, mich, ihren Herrn und Erlöser. An dich denkt keiner mehr. Lass mich los!"

Der andere antwortete: „Auch wenn keiner an mich denken sollte, sind sie meine Geschöpfe. Ich gebe ihnen Anfang und Ende. Sie bleiben in meiner Liebe. Deine Macht ist zu Ende. Ich lasse dich nicht mehr los. Auch du gehörst mir."

Da begann der Tod sich zu recken und zu winden. In der Kraft seines Bewusstseins, die Menschen hinter sich zu haben, schlug er auf Gott ein. Der Kampf dauerte die ganze Nacht.

Als der Morgen anbrach, war der Tod besiegt.

Über ihm stand Gott. Er war blutig geschlagen. An Händen und Füßen trug er die Wundmale des Kampfes. So gezeichnet ging Gott den Menschen entgegen. Seither dürfen die Menschen den Tod wieder aus der Hand Gottes annehmen, wie sie das Leben aus seiner Hand empfangen. Er ist wohl noch immer ein unerforschliches Geheimnis. Aber er ist das Geheimnis Gottes, der allein menschliche Gegenwart abbricht und zur Vergangenheit macht, der aber allein auch menschliche Gegenwart aufbricht und zur Zukunft macht.

Das Leben hat den Tod überwunden.
Tod, wo bleibt dein Sieg?
Tod, wo bleibt nun deine Macht?
Gelobt sei Gott, der uns den Sieg schenkt
durch Jesus Christus, unseren Herrn!
1. Korinther 15,55.57

Vom Hirten, der die Krippe hütete

Als über den Feldern von Bethlehem der Morgen aufleuchtete, brachen die Hirten müde, aber glücklich auf, um zu den Herden zurückzukehren. Sie priesen Gott für alles, was sie gehört und gesehen hatten. Nur einer, der mit ihnen hingeeilt war, ging nicht mit zurück. Er blieb versunken neben der Krippe sitzen und konnte seinen Blick nicht vom Gesicht des Kindes losreißen. Als sie ihn anriefen, winkte er still ab und rührte sich nicht von der Stelle. „Lasst ihn, er kommt gern allein zurück. Er war immer etwas seltsam“, sagten sie untereinander und verließen ihn.

In der Hütte wurde es still. Die Eltern sanken in Schlaf und die jubelnden Stimmen der Engel ins Unvernehmbare. Er wachte allein beim Kind. Er wollte und konnte nicht schlafen. Was er in dieser Nacht erlebt hatte, hatte sein Innerstes getroffen. Er wusste nicht, was es war, er ahnte nur, dass etwas erfüllt worden war, wonach er sich immer gesehnt hatte.

Ein Leben lang hatte er Schafe gehütet, war freundlich und friedlich mit ihnen gewesen und hatte sich an ihrer Wärme und ihrem Zutrauen gefreut. Auch die Menschen, die ihm ihre Tiere anvertraut hatten, waren mit ihm zufrieden und hatten ihm seine Treue und Sorgfalt gelohnt. Sonst hatte er sich vor ihnen scheu zurückgehalten, sie waren ihm zu verworren und zu mühsam. Darum war er auch allein geblieben und hatte das, was er zu geben hatte, den Tieren zugewandt. Aber bei diesem Kind war es anders. Es gab ihm etwas, ohne zu fordern, und war doch hilflos wie eines seiner neugeborenen Tiere. Sein Instinkt zwang ihn, über ihm zu wachen.

Er blieb auch am Morgen bei ihm. Die Eltern schauten ihn fragend an, aber fragten ihn nicht. Sie ließen ihn gewähren, als er allerlei in der Hütte aufräumte und ihnen bei ihren Verrichtungen half. Da keine dienenden Engel zu sehen waren, nahmen sie seine kleinen Handreichungen dankbar an.

Einer seiner Kameraden kam im Lauf des Tages und fragte ihn, wann er zu seiner Herde zurückkäme. Er antwortete: „Ich weiß es nicht. Ich habe hier zu tun. Sorgt ihr für meine Tiere!"

Während der Nacht wachte er wieder neben dem Kind. So hielt er es Tag für Tag und Nacht für Nacht, bis eines Nachts plötzlich der Vater erwachte, um sich schaute, dann die Mutter weckte und ihr zuflüsterte: „Ich habe im Traum einen Engel gesehen. Er warnte mich, dass Herodes das Kind umbringen will, und befahl mir, mit dem Kind und dir nach Ägypten zu fliehen. Mache dich bereit, wir brechen sofort auf."

Der Hirte erschrak, als er hörte, in welcher Gefahr das Kind war. Er stand auf und trug alles zusammen, was für die Flucht nötig war. Keines sprach ein Wort, jedes hantierte still und schnell vor sich hin. Vieles gab es nicht zu packen, sie waren bald bereit.

Der Mann schulterte das Bündel, die Frau drückte das Kind an sich. Der Hirte nahm das Licht und öffnete die Tür, um im Dunkeln vorauszugehen. Da streckte ihm der Vater die Hand entgegen, griff die seine, schüttelte sie herzlich und sagte: „Ich danke dir, dass du zum Kind und zu uns so gut gewesen bist. Gott möge es dir vergelten. Aber nun müssen wir unseren Weg allein weitergehen. Leb wohl."

Während er noch wie betäubt dastand, streifte ihn die Mutter mit dem Kind und sagte leise: „Ich werde nie vergessen, was du uns zuliebe getan hast, und es dem Kind erzählen, wenn es größer sein wird. Gott sei mit dir, wie du mit uns gewesen bist!" Und ehe er es fasste, waren die drei in der Dunkelheit verschwunden.

Er sank auf die Schwelle nieder und blieb lange enttäuscht und traurig sitzen. Sie hatten ihn zurückgelassen, und er hätte ihnen doch so viel helfen können. Sie hatten ihn zurückgelassen, und er hatte doch schon fast zu ihnen gehört. Wie sollte er ohne sie weiterleben? Die paar Tage hatten sein Leben verwandelt und ihm einen neuen Inhalt gegeben. Er fürchtete sich davor, sein altes Leben weiterzuführen.

Lange saß er da und dachte nach. Endlich stand er langsam auf und ging in die Hütte hinein. Da fiel sein Blick auf die leere Krippe. Er stutzte, dann lächelte er. Er ging zu ihr und fuhr mit der Hand darüber.

„Er wird wiederkommen", sagte er und wusste plötzlich,

was er zu tun hatte. „Er wird wiederkommen, und ich werde inzwischen über seiner Krippe wachen. Er soll sie jederzeit bereit finden.“ Er setzte sich neben sie wie in den letzten Tagen und Nächten und fiel in einen tiefen Schlaf.

Als er erwachte, war es heller Tag. Durch die offene Tür schauten neugierige Nachbarn herein. Sie fragten, wo die junge Familie sei. Er antwortete: „Sie sind diese Nacht weggegangen.“

Sie fragten: „Was tust denn du noch hier?“

Er antwortete: „Ich muss die Krippe hüten, bis sie zurückkommen.“

Sie fragten ihn: „Haben sie es dir aufgetragen?“

Er antwortete: „Ich weiß, dass ich es tun muss.“

„Aber was geschieht mit deinen Schafen?“, fragten sie ihn weiter.

Er sagte: „Sorgt ihr für sie. Ich habe Wichtigeres zu tun.“

Sie schüttelten den Kopf und sagten zueinander: „Er ist noch wunderlicher geworden. Der Weggang des Kindes hat seinen Verstand verwirrt.“

Sie erzählten es im Dorf weiter. Seine Gefährten übernahmen die Herde. Er besorgte die Krippe. Täglich wischte er den Staub weg und machte die Hütte um sie herum sauber. Er schüttelte das Stroh und wechselte es von Zeit zu Zeit aus. Tagsüber legte er sein Fell hinein und streichelte es. Nachts nahm er es heraus und wickelte sich darein. Er verließ sie nur, wenn er die unentbehrlichsten Dinge besorgen musste.

Einige Wochen waren vergangen. Da wurde das Dorf von Soldaten heimgesucht. Sie drangen in die Hütten ein und erschlugen alle Knaben, die zweijährig und darunter waren. Einer brach auch in die Hütte ein, in der der Hirte wachte. Er sah die Krippe, riss das Fell weg und entdeckte, dass kein Kind darunter lag. Wütend schlug er mit dem Schwert auf das Holz und, als sich der Hirte schützend darüber warf, auch auf ihn. Dann eilte er weiter. Verwundet sank der Hirte neben den Stücken der Krippe zu Boden.

Er kam wieder zu sich, als ihm eine mitleidige Nachbarin die Wunden verband. Er blickte um sich und sah die Trümmer. Leise sagte er: „Ihn hat er nicht getroffen, und du bist noch da. Ich werde dir helfen, wie man mir geholfen hat." Mühsam richtete er sich auf, las mit verbundenen Händen die Teile zusammen und legte sie zitternd nebeneinander. Kopfschüttelnd verließ ihn die Frau.

Während die Leute im Dorf noch laut über die toten Kinder trauerten und im Verborgenen über das Unglück klagten, das jene Geburt über sie gebracht hatte, begann der Hirte die Krippe zu flicken. Sorgfältig fügte und leimte er die Stücke zusammen, umwickelte die Bruchstellen mit Bändern und füllte übrig gebliebene Spalten mit Harz aus. Nach einigen Tagen nahm er die Bänder weg und sah vor sich wieder die alte Krippe stehen. Er klatschte vor Freude in die Hände und merkte erst jetzt, dass auch sie gesund geworden waren. Er strich mit den Fingern über seine Narben und dann über die Fugen des Holzes und flüsterte verzückt: „Er hat uns geheilt, siehst du, er hat uns geheilt! Das ist ein Zeichen dafür, dass er wiederkommen und uns brauchen wird.“

Als am nächsten Tag die Nachbarin wieder nach ihm sah, konnte er sein Glück nicht verbergen. Er zeigte ihr seine Hände und die Krippe und erzählte, was ihm geschehen war. Sie erzählte es weiter, und so erfuhr es das ganze Dorf. Viele kamen, um die beiden zu sehen und zu bewundern.

Da geschah es, dass eine kranke Frau die Krippe berührte. Sie spürte einen Kraftstrom und wurde gesund. Sie schrie vor Schrecken und Freude auf und erzählte, was sie erlebt hatte. Andere drängten hinzu, berührten das Holz und erfuhren ebenfalls Kraft oder Heilung. Das Wunder sprach sich sofort herum und lockte von überall Leute heran. Mütter brachten ihre kranken Kinder, legten sie in die Krippe und hoben sie gesund heraus. Wer kein Gebrechen hatte, küsste das Holz und fühlte sich glücklich und zuversichtlich. Wieder andere langten mit kleinen Gegenständen an die Krippe und bewahrten sie sorgfältig auf. Einige warfen Münzen hinein. Der Hirte hatte alle Mühe, die Leute daran zu hindern, einzelne Stücke vom Holz abzuschneiden und mitzunehmen. Es schien, als ob das trauernde Dorf an der Krippe etwas von dem ersetzt bekäme, was es verloren hatte.

Doch allmählich erlosch ihre wunderhafte Wirkung, sei es, dass sie ihre Kraft verlor oder das Volk den Glauben daran. Sie wurde wieder zu einem gewöhnlichen Gegenstand, dessen große Vergangenheit man zwar noch in Erinnerung hatte, aber nicht mehr mit dem täglichen Leben verbinden konnte.

Nur der Hirte wachte neben ihr und wartete auf die Rückkehr des Kindes. Monate und Jahre vergingen. Kinder wurden geboren, wuchsen heran, heirateten und bekamen Kinder. Für ihn blieb das Kind von damals ein Kind, das eine Krippe brauchen würde. Die meisten zuckten die Achseln über ihn. Einige ärgerten sich an ihm, weil sie die ganze Geschichte, die ihnen so viel Elend gebracht hatte, vergessen wollten. Aber alle hatten sich an ihn und seine Träume gewöhnt und duldeten ihn.

Da geschah es nach vielen Jahren, dass an einem kalten Abend eine Schar von Flüchtlingen ins Dorf kam. Unter ihnen war ein etwas kräftigerer Mann, der die Elenden zu führen schien. Er näherte sich der einsamen Hütte und klopfte an. Der Hirte öffnete und schaute ihn fragend an. Der Mann bat ihn freundlich um Unterkunft für eine Nacht. Der Hirte zögerte erst, aber ließ sie dann eintreten, als er sah, wie müde und durchfroren sie waren. Sie ließen sich dankbar nieder und schauten scheu herum.

„Bist du allein?", fragte der fremde Mann. Der Hirte nickte.

„Aber du hattest doch ein Kind?", fragte der Mann und wies auf die Krippe.

Da erzählte ihm der Hirte seine ganze Geschichte. Alle hörten schweigend zu und schauten auf die Krippe.

„Wie lange willst du sie noch hüten?", fragte zuletzt der Mann.

Der Hirte sagte: „Bis er kommt und sie braucht."

Der Mann nickte schweigend. Dann schaute er auf seine Gefährten und sagte leise: „Sie frieren und sind hungrig. Machst du uns ein Feuer und eine Suppe?“

Der Hirte antwortete: „Ich habe nichts zu heizen und zu kochen.“ Plötzlich schaute er erschrocken auf die Krippe. Er stellte sich schützend vor sie und hielt sie mit beiden Händen fest. Der Mann aber trat schweigend hinter sie.

Auf einmal schien dem Hirten, als ob ein Licht vom Manne ausginge, das die Krippe einhüllte. In seinem Glanz begann sie zu flackern wie wabernder Schein, als ob sie brennen würde, ohne zu verbrennen. Er rieb sich mit der einen Hand die Augen, um recht zu sehen, und hielt mit der andern das Holz fest. Aber das Licht wich nicht. Da streckte er beide Hände dem Mann entgegen und rief: „Bist du es?“

Da erlosch das Licht, und er sah nur noch den Mann, der über die Krippe hinweg ihn festhielt.

Lange schaute er ihn an, dann löste er seine Hände von ihm. Er ergriff die Krippe, stellte sie in die Mitte der frierend Herumsitzenden und sagte zu ihnen: „Hier ist Holz für ein Feuer. Bereitet es zu. Ich hole bei den Nachbarn etwas zu kochen.“ Und er ging hinaus.

Als er zurückkam, brannte das Feuer schon und wärmte alle. Er setzte den Kessel auf und bereitete ihnen eine Mahlzeit. Sie aßen und saßen fröhlich beisammen, bis sie müde wurden und einschliefen. Der Hirte legte sich neben den Mann und bedeckte ihn und sich mit dem Fell.

Am Morgen verließen sie gestärkt die Hütte, um weiterzuziehen. Als der Hirte allein war, schaute er auf die kalt gewordene Asche des ehemaligen Krippenholzes. Dann warf er einen letzten Blick durch die Hütte, die so lange sein Heim gewesen war, nahm seinen Hirtenstab und ging zu den Herden hinaus.

„*Denn als ich hungrig war,*
habt ihr mir zu essen gegeben.
Ich war ein Fremder bei euch,
und ihr habt mich aufgenommen."
MATTHÄUS 25,35

Als der Evangelist Matthäus den Stammbaum Jesu aufschrieb

Der Evangelist Matthäus saß an seinem Schreibpult vor einem weißen Blatt. Um ihn herum lagen die heiligen Schriften des Alten Testamentes. In der Hand hielt er eine Rolle des Evangelisten Markus, die schon ganz zerlesen war. Er schüttelte den Kopf und sprach zu sich: „So wie Markus kann ich mein Evangelium nicht beginnen. Jesus war doch schon vor der Taufe da. Er fiel nicht mit dreißig Jahren plötzlich vom Himmel. Er hat doch eine irdische Vorgeschichte, die bis zur Geburt und darüber hinaus weit zurückreicht. Gott handelt auf lange Sicht. Darum hat jeder Jude einen Stammbaum. – Wie sieht eigentlich der Stammbaum Jesu aus?"

Er blätterte lange in den heiligen Schriften und schaute dann zufrieden auf. Schnell machte er einen Entwurf mit den großen Epochen der Geschichte Israels von Abraham bis David, von David bis Jechonja, von Jechonja bis zu Jesus und fügte die Namen der Könige und ihrer ältesten Söhne ein.

Als er eifrig schrieb, trat seine Frau ein. Sie brachte ihm etwas zu essen und zu trinken und fragte ihn: „Kommst du mit der Arbeit vorwärts?"

Er sagte: „Setz dich, ich lese dir vor, was ich geschrieben habe."

Sie setzte sich zu den Füßen ihres Mannes nieder, und Matthäus las vor. Beim Namen Isai fing sie an zu summen: „Es ist ein Reis entsprungen aus einer Wurzel zart ... von Isai kam die Art." Dann hörte sie wieder still bis zu Ende zu.

Matthäus war es ganz heimelig zumute. Zu seinen Füßen saß ein Mensch. Das war doch etwas ganz anderes als beim Evangelisten Markus. Zu dessen Füßen hatte nur ein Löwe gesessen. Aber ein Mensch – das gab doch ein viel schöneres Bild! Vielleicht würde man ihn später mitsamt einem Menschen abbilden.

Aber auch die Frau eines Evangelisten will nicht nur ein schönes Symbol sein, sondern ein Mensch aus Fleisch und Blut und mit eigener Meinung. Plötzlich stand sie auf, beugte sich über seine Schulter, schaute ins Manuskript und fragte: „Warum stehen eigentlich keine Frauen im Stammbaum?"

Matthäus antwortete: „Frauen sind doch vorausgesetzt, wenn es heißt: Er zeugte."

Sie erwiderte: „Gewiss, aber dazu braucht es immer zwei. Du musst einige Frauen dazunehmen." Und schon blätterte sie eifrig in den alten Schriften.

„Soll ich dir einige nennen? Ich kann dir mindestens ein Dutzend aufzählen! Da – Sarah, Rebekka, Lea – die berühmtesten. Ach nein", unterbrach sie sich, „von den berühmten Frauen spricht man schon genug. Nimm lieber einige Unbekanntere. Da, nimm doch diese Thamar!"

Matthäus wehrte entsetzt ab: „Doch nicht Thamar! Was denkst du dir? Diese Frau, die sich verkleidet an die Straße stellte, um endlich von irgendeinem Mann ein Kind zu bekommen. Du darfst doch Jesus nicht mit solch peinlichen Frauen belasten! Bitte, blättere weiter!“ Dennoch trug er Thamar ein.

„Aber Rahab, die Dirne aus Jericho, die musst du nennen. Sie hat zwei israelitische Spione bei sich versteckt und vor dem Tod gerettet.“

Matthäus seufzte: „Schon wieder eine Frau mit schlechtem Ruf! Du hast heute einen seltsamen Geschmack. – Zwar, zeig einmal. Wirklich, sie hat für unser Volk eine wertvolle militärische Rolle gespielt. Deshalb ist sie brauchbar.“

Seine Frau las weiter: „Hier bist du sicher zufrieden. Siehst du, da ist auch Ruth in der Reihe, die Ausländerin aus Moab, die Frau, die von Boas in Schutz genommen wurde. Was willst du noch mehr?“

Matthäus gab zu: „Ja, Ruth ist in Ordnung. Sie hat auch fremdes Blut hereingebracht. Lies weiter!“

Seine Frau las: „Isai zeugte David, David zeugte Salomo. – Aber du kannst doch den größten König Israels nicht so leicht übergehen. Schließlich kennt jedes Kind die Affäre Davids mit Bathseba.“

Matthäus rief: „Nenne diesen Namen nicht! Es ist schon schlimm genug, dass es geschehen ist. Ausgerechnet bei David, dem größten Gesalbten vor Jesus.“

Seine Frau antwortete: „Du denkst immer nur an die Entgleisungen. Ich denke an die Vergebung, die David von

Gott empfangen hat. Sonst wäre die Linie hier doch abgebrochen, und du hättest vielleicht überhaupt nichts zu schreiben. Gibt es denn Vergebung ohne Sünde?“

Nur widerwillig stimmte Matthäus zu. Aber den Namen Bathsebas zu nennen, brachte er nicht über sich. Stattdessen fügte er den Namen ihres unglücklichen Gatten Uria ein. Dann aber seufzte er schwer und sagte: „Lass es nun bei diesen vier Frauen bewenden, sonst wird alles noch verwickelter.“

Seine Frau beruhigte ihn: „Du hast ja zuletzt Maria. Sie macht alles wieder gut, was da so seltsam ineinander verwoben ist. – Und übrigens muss ich jetzt gehen. Bei den nächsten Jahrhunderten möchte ich nicht dabei sein. Die vielen unappetitlichen Kriegsgeschichten überlasse ich lieber den Männern. Wir Frauen sind ja doch immer nur ihre Opfer.“ Und sie ging hinaus.

Matthäus schaute ihr kopfschüttelnd und bewundernd nach. Ungestört durchschritt er nun das nächste Jahrtausend mit den großen Abschnitten der Staatsgeschichte vor und nach der babylonischen Gefangenschaft bis zur Geburt des Erlösers. Zuletzt überflog er die Einteilung: „Vierzehn Generationen bis David, vierzehn bis zur babylonischen Verbannung und ebenso viele bis Jesus.“

Plötzlich stutzte er. Ihm fiel etwas auf. In der ersten Epoche war der Glaube Israels ohne den Staat ausgekommen, in der zweiten waren Staat und Religion eng miteinander verknüpft, und in der dritten Epoche, die immer noch andauerte, musste der Glaube wieder ohne staatliche Krücken seinen eigenen Weg gehen. Aber immer hatte der

Glaube überlebt, den menschlichen Verirrungen und den staatlichen Verwirrungen zum Trotz. Bei so viel göttlicher Treue brauchte einem um die Zukunft des Glaubens nicht bange zu werden.

Glücklich und zuversichtlich nahm er das erste Blatt seines Evangeliums und zeigte es seiner Frau. Sie hatte nun nichts mehr einzuwenden. Sie breitete nur auf einmal ihre Arme weit aus und sagte: „Weißt du, so groß würde der Stammbaum, wenn du nicht immer nur die ältesten Söhne, sondern auch alle Geschwister mitsamt ihren Verästelungen aufgeschrieben hättest. Dann würde deutlich, dass Jesus eigentlich mit der ganzen Welt verwandt ist, mit Juden und Arabern, mit Heiden und Christen. Dann ist er doch unser Bruder und wir sind seine Geschwister, Geschwister einer ungeteilten Welt."

Matthäus rief: „Du übertreibst! So einfach geht das nicht!"

Seine Frau antwortete: „Ich übertreibe nicht. Ich glaube."

So kam es, dass am Anfang des Matthäusevangeliums dieser menschliche Stammbaum unseres Erlösers steht.

Dieses Buch berichtet die Geschichte von Jesus Christus. Er ist Davids und Abrahams Nachkomme ...
MATTHÄUS 1,1

Die drei Könige und ihre Knechte auf dem Heimweg

Die Geschichte von den drei Königen hört dort auf, wo sie ihre Kronen abnehmen, vor dem Kind in der Krippe niederknien und ihm ihre Geschenke hinlegen. Aber wie geht sie denn nachher weiter? Sie mussten ja wieder aufstehen, ihre Kronen aufsetzen und ihre königlichen Rollen weiterspielen. Aber wie ist dies möglich, wenn man dem Kind in der Krippe begegnet ist, das auf alle Kronen und Rollen der Macht verzichtet hat? Wie ging die Geschichte weiter?

Mitten in der Nacht erhielten die drei Könige im Traum die Weisung, nicht mehr nach Jerusalem und zu Herodes zurückzukehren. Sie erwachten und standen sogleich auf. Sie weckten ihre Diener, die ahnungslos neben den Kamelen schliefen, und befahlen ihnen die nötigen Zurüstungen für den Aufbruch.

Heimlich und leise traten sie in die Nacht hinaus. Es war ganz dunkel. Kein Stern stand am Himmel, und kein Stern begleitete sie. Jener eine, der ihnen den Weg zur Krippe gewiesen hatte, war seit der Begegnung mit dem Kind verblasst und verschwunden. Ihn konnten sie nicht mehr nach dem Weg fragen. Welchen Weg aber sollten sie gehen?

Die Straße zu Herodes, dem grausamen und herrschsüchtigen König, war ihnen verwehrt. Sie war für die, die vor dem Kind gekniet hatten, auch ohne göttliche Weisung nicht mehr gangbar. Es kam nur eine Richtung in Frage, die von Jerusalem wegführte und die Flucht ermöglichte. Dahin wandten sie sich und ritten ins Dunkle hinein, hinter ihnen her rannten die Knechte über Stock und Stein. Es sah gar nicht besonders königlich aus.

Als sie einige Zeit durch die Nacht geflohen waren, kamen sie plötzlich nicht mehr weiter. Vor ihnen lagen Felsen und Schluchten, in denen man sich leicht und gefährlich verirren konnte. Sie stiegen ab und berieten sich miteinander. Da aber die drei Könige lauter kluge und mächtige Herren waren, hatten sie auch verschiedene Ansichten über die weiteren Schritte. Sie konnten sich nicht einigen.

Während ihrer Beratung kamen allmählich auch die Knechte herbeigekeucht und hörten zu. Auf einmal sagte einer von ihnen: „Ich vermute, wo sich ein Weg durchschlängelt." Aber seine Bemerkung wurde übel aufgenommen.

Einer der Könige sagte: „Seit wann reden Knechte, ohne gefragt zu werden, und wollen uns den Weg zeigen? Wo kämen wir hin, wenn jeder, der nichts zu sagen hat, mitreden wollte!"

Der Knecht wagte einen zweiten Versuch und antwortete: „Majestät mögen entschuldigen. Ich erinnerte mich, dass wir vor einigen Stunden gemeinsam vor dem Kind niedergekniet sind. Da meinte ich, wir könnten vielleicht auch gemeinsam in die Dinge der Welt hineinknien."

Der zweite König erwiderte rau: „Wir knien jetzt nicht mehr vor einer Krippe. Wir stehen draußen im kalten Wind. Da gelten andere Gesetze. Da gibt es Könige und Knechte, Herren und Diener, jeden an seinem Ort."

Nach dieser Antwort zogen sich die drei Knechte eingeschüchtert zurück. Der dritte König hatte bisher nichts gesagt. Er hatte nur erschrocken vor sich hingeschaut, als ob er etwas gesehen hätte. Und jetzt schaute er noch immer die Knechte an, wie wenn er sie erstmals sehen und erkennen würde. Dann wandte er sich seinen königlichen Gefährten zu und sagte: „Ist es nicht seltsam? Wir lassen uns von unsern Knechten bedienen. Sie decken uns für die Nacht warm zu. Sie versorgen unsere Tiere. Sie tragen unsere Lasten. Sie rennen hinter uns her und halten ihre Köpfe für uns hin. Dennoch haben sie nichts zu sagen. Woran liegt es?"

Und noch bevor die andern Könige darauf etwas erwidern konnten, rief er den einen Knecht zu sich und fragte ihn: „Kennst du diese Gegend?"

Der Knecht antwortete: „Ich wurde vor vielen Jahren als Kriegsgefangener durch diese Gegend geschleppt. Ich schaute mich nach allen Seiten um, wie ich flüchten könnte. Es nützte mir zwar nichts, aber die Gegend ist in meinen Augen und Füßen haften geblieben."

Der dritte König streckte ihm die Hand entgegen und sagte freundlich: „Ich danke dir für die Auskunft." Dabei fiel ihm nicht einmal ein Zacken aus der Krone. Dann sagte er zu seinen Gefährten: „Wir können weitergehen. Dieser Mann führt uns zuverlässig."

Er stieg auf sein Kamel und befahl dem Knecht: „Geh voran und zeige uns den Weg. Und – ach ja, gib mir dein Gepäck. Auf meinem Tier ist genügend Platz dafür, seit ich das Gold dem Kind gegeben habe."

Die zwei andern Könige schüttelten den Kopf und flüsterten ihm zu: „Bedenkst du auch, was du da tust? Du stellst die Welt auf den Kopf!"

Der dritte König aber lächelte nur und sprach: „Welche Welt wird auf den Kopf gestellt, wenn man aufeinander hört und die Lasten anders verteilt?"

Dann zogen sie weiter, voran der Knecht und dann die Könige. Und es war, als ob zwischendrin auf dem dunklen Weg ein heller Glanz mitlaufen würde. So suchten sie gemeinsam den Weg.

„Ihr wisst, wie die Machthaber der Welt
ihre Völker unterdrücken.
Wer die Macht hat,
nutzt sie rücksichtslos aus.
Aber so darf es bei euch nicht sein."
Matthäus 20,25.26a

Inhalt